私と悪魔の100の問答

Questions & Answers of Me & Devil in 100

上遠野浩平

KODANSHA NOVELS 講談社ノベルス

CONTENTS

FIRST SESSION 『なんとなく、嫌悪することについて』 —— 17

Q01 青空と聞いて連想することは
Q02 自分と他人どちらを軽いと思うか
Q03 簡単でないことはなぜ簡単でないのか
Q04 他人はどれくらいに分けるべきか
Q05 悪い印象ばかり抱きがちなのはなぜか
Q06 不潔と清潔の差とは
Q07 普通とは好ましいことか
Q08 人に用があるときの基準とは
Q09 綽名はどこまで譲歩すべきか
Q10 進歩と放棄は両立しうるか
Q11 疑問はそのまま目的たりうるか
Q12 侮辱を感じるときはどれくらい錯覚か
Q13 記録されているときは気にすべきか
Q14 危険を察したときどうすべきか
Q15 日々の生活に安全を感じているか
Q16 人生は保証されているか
Q17 人並みとは本当に平均的か
Q18 嫌いな者と一緒にされて耐えられるか
Q19 変態をどう扱うべきか
Q20 ボケとツッコミの役割とは
Q21 ウケを狙うことと天然は相反するか
Q22 気まぐれをどれくらい容認すべきか
Q23 汚れると価値は落ちるか
Q24 義務から逃げるべきか
Q25 何を頑張ればいいのか

SECOND SESSION
『おおむね、威張ることについて』――53
Q26 教育と他の業種の差異は考慮すべきか
Q27 公平はどこまで徹底されているか
Q28 何かに守られている気はするか
Q29 理解しがたい他人の気持ちになれるか
Q30 やる気とは、結局なんなのか
Q31 自覚することに深い意味はあるか
Q32 不良ぶることに価値はあるか
Q33 格好良さと恥ずかしさの関連性とは
Q34 危ないと感じる基準はどこか
Q35 目的のための手段は目的たりうるか
Q36 人間は何からできているか
Q37 他人に対する敵意の源はなにか
Q38 嫌えないのは嫌われたくないからか
Q39 素直さは美徳か悪徳か
Q40 誰にも答えられない問いとは何か
Q41 人を不幸にするものとは何か

THIRD SESSION
『ぼんやりと、流行りのことについて』――83
Q42 レンタルに精神性はあるか
Q43 無駄な努力をするのも個人の自由か
Q44 特別なときと普通のときの境目とは
Q45 人間と動物の違いとは
Q46 恋愛はトラブルの元になるか
Q47 離婚式はなぜ一般的でないか
Q48 生理的な好き嫌いに実用性はあるか
Q49 人の本能は壊れているのか
Q50 ニワトリが先かタマゴが先か
Q51 流行は他人の物真似か

Q52 歴史上でもっとも流行したものは
Q53 中世の人間と現代人の差異は何か
Q54 国家とはなにか
Q55 人権とはなにか
Q56 ダサいと思われるのは怖いことか
Q57 歴史の重要性はなぜ軽んじられるのか
Q58 怖いもの知らずという人は実在するか
Q59 女子の怖がりはすべて演技か
Q60 安心しているとはどういう状態か
Q61 エクソシストとオーメンの違いは
Q62 微妙なものをどこまで信じるべきか
Q63 ずっと解けない錯覚は真実になるのか
Q64 事実と解釈の間にあるものとは
Q65 悪いこととは結局なにか
Q66 神は悪魔と本当に戦っているのか

FOURTH SESSION
『おそらくは、怠けることについて』―― 123

Q67 馬鹿につける薬はあるか
Q68 疲れてるときに眠らず仕事をすべきか
Q69 悟りの心境とはなにか
Q70 人間の行動はどこまで計算できるか
Q71 人が人を褒めるときの主要因はなにか
Q72 選ばれたものは他と何が違うのか
Q73 歴史に残るものの条件とは
Q74 ミロのビーナスは本当に美しいのか
Q75 人の想像力は何に刺激されるのか
Q76 危険に見合う収入の基準とは
Q77 生命の危険はどこに存在しているか
Q78 他人の期待に応える必要はあるか

Q79 人と人をつないでるものとはなにか
Q80 どうして戦争はなくならないのか
Q81 そんな無茶な、と思うときの基準とは
Q82 人でなしをどう扱うべきか
Q83 社会は個人を疎外するか
Q84 『人間失格』は何が失格なのか
Q85 矛盾はどこまで矛盾か
Q86 教師の採点を信じるべきなのか

FIFTH SESSION
『かろうじて、根拠について』 161

Q87 人形はなぜ怖いのか
Q88 幽霊や祟りが怖いのはなぜか
Q89 占いをつい信じてしまうのはなぜか
Q90 不安はどこまで「気のせい」か
Q91 冷静な人物は人生を損しているか
Q92 暴力には暴力で対抗すべきか
Q93 無我夢中とは偶然と同じ意味か

SIXTH SESSION
『きっと、自由について』 195

Q94 同情とは弱気の表れなのか
Q95 不自然なものには必ず理由があるか
Q96 なぜ親の説教は面倒くさいのか
Q97 妥協しないために何をすべきか
Q98 説得力の有無は何に起因するのか
Q99 どうして他人に期待してしまうのか
Q100 自由とは、結局なんなのか

Illustrations ウエダハジメ *Design Veia*

『あらゆるものを嘲笑《あざわら》うのが悪魔ならば、悪魔自身を嘲笑うものは、なんと呼べばよいのだろう？』

——霧間《きりま》誠一《せいいち》〈天使の涙と悪魔の夢〉

PRE-SESSION

『つまりは、悪魔について』

……以下の対話は本編には登場しない。


「意地悪っていうが、そいつはいったい何のことだ？」

「あんたのことよ。根性がひねくれていて、何でもかんでも文句を言って人を不愉快にするのが好きってことよ」

「ひょひょひょ、別に吾輩《わがはい》はそんなもの好きじゃないが、つまりは君は吾輩と話していると意地悪されているみたいな気がしてくるってことだな」

「みたいじゃなくて、現にそうでしょうが」

「意地悪って、悪と言っているが、それは何に対して悪いんだろうな」

「相変わらず話の筋がわかんないわね」

「意地が良いってどういうものなんだろうな。意地悪ってのは、その反対ってことになるのか」

「なんかそういう話は前にもしたわよね。悪魔は神の反対とかなんとか」

「正確には違う。反対じゃない。言ったろ？　憶《おぼ》えていないのか、それぐらい？」

「ああ、いいじゃない別に。だからそーゆーところが意地悪だっつーのよ。ハズレ君の癖に」

「何が〝癖に〟か知らねーが、とにかく先にできたのは神の方で、悪魔は後だってことだよ」

「ああ……ちょっと想い出してきた。悪魔は神さまの引き立て役だ、とかなんとか」

「そうだ。神の権威が既《すで》に確立した後になって、その仮想敵としてでっち上げられたのが悪魔だ。なんでそんなものが必要だったと思う？」

「……あんたがそういう訊《き》き方をするときは、もう答えがあるんでしょ？」

「おいおい、それでも君が答えるところが、この話の醍醐味《だいごみ》じゃないか。さあさあ」

「ほんっとムカつくわ——だから、神さまのことをあんまり信じない人にも信じてもらうために、信じないと悪魔に呪《のろ》われるぞ、みたいな脅しをかけるため、とかじゃないの？」

「それは間違いじゃないが、半分しか合っていないな」

「どういうことよ？」

「悪魔の仕業としか思えないような不条理が、神さまのことを信じていても全然消えないからだ。つまり神さまだけでは世界の構造を説明できなかったんだ」

「——世界の？　構造？」

「人間が神を必要としたのは、世界があまりにも不可思議だったからだ。誰がこんな風にしたんだろう、と思ったとき、人はその創造主を空想した。これまでの歴史上で預言者として認められている者たちはすべて、その自分の組み立てた論理を他人にうまく説明できた人間ということになるな」

「ちょっと、難しいんだけど」

「要するに神さまというのは世のあれこれを説明する理屈であり、そして悪魔というのはそれに当てはまらなかったものってことだ」

「単純に神は人間に優しくて、悪魔は意地悪なんじゃないの？」

「そんな単純なものじゃない。神は大抵《たいてい》の場合、人間に厳しい。天罰を下さない神などどんな宗教にもいない。ひどいときには文明ごと滅ぼしちまったりする。バベルの塔の話とか聞いたことあるだろ？」

「ああ、神さまに近づこうとして高い塔を建てたら、砕かれちゃって国ごと吹っ飛ばされたっていうヤツ？」

「まあそんなトコだ。神さまはちっとも人間に優しくないんだ。それは世界が時に厳しく悲しいことがあるということの説明だからだ。もちろん豊かさや喜びの方も担当している。それも世界の一面だからだ」

「じゃあ悪魔ってなによ」

「だから、それ以外、だ。神という理屈、世界という論理から外れたものが悪魔なんだ。辻褄《つじつま》が合わないこと、神が罰を与えるはずの状況でも平気でいるヤツがいる、そんな馬鹿なことはない、これは悪魔の仕業だ、という風にな」

「……でもあんた、いつも言ってるわよね」

「んん？」

「今の世界には正解がない、文句のつけようがなくて、論理的なだけじゃ足りない、って」

「ああ、言ってるね」

「それじゃあんたは、悪魔ってことになるんじゃないの？」

「名前もハズレ君だし、か？」

「そういうこじつけはどーでもいいけど……自分が悪魔みたいな方向に行ってる、って思って、それであんたは平気なの？　嫌な気分にならない？」

「嫌な気分なら、今までさんざん味わってきたよ。いくらでもな」

「……そうなの？」

「ああ、君だってその辺は大差ないだろう。嫌な気分になったことがない、なんて人間がこの世にいると思うか？」

「……それを言ったらおしまいでしょ」


——これらのシーンは本編には登場しない。あるいは作中のどこかでこのような対話が行われていたとしたら、その箇所を見つけだすのも一興かも知れないが、重要なのはそこではない。

この作品では、今の会話で語られたことは問題とされない。それを前もって断っておきたかったのだ。ここには神も悪魔もいない。救済もなければ堕落もない。あるのはただ、百の問いだけだ。これはそのための物語である。ただ——百の答えがあるのかどうか、残念ながらそれは保証の限りではない。

私と悪魔の100の問答

QUESTIONS & ANSWERS OF ME & DEVIL IN 100

FIRST SESSION

『なんとなく、嫌悪することについて』

――ああ、あれのことですか？

そうですね、なんと言ったらいいのか、皆さんの方がよくご存じなんじゃないですか？

え？　シャーマン・シンプルハート？

ああ、そう言えば、そんな名前でしたっけ。私はその辺はよくわからないんですよ。私はハズレ君としか話はしていなかったので。

ハズレ君ですよ。知りませんか？　……知らないんですね。ああ――ほんとにそうだったんだ。なんでかわからないけど、あれってやっぱり私にだけやっていたんですね。……え？　いや、違います。でびる屋とかいう、あの悪いこととは関係ないと思います。

ええ。そう思います。悪いことでしょ、やっぱり。身内が関わっていたとしても、私は悪いことだったと思います。人を騙《だま》してたんですから。ただ、一般社会には悪いことが、思っていたよりもずっと多いんだな、とは思うようになりましたけど。みんな騙されてるんだなあ、って。

最初ですか？　だからあれですよ。皆さんも知っている、あの例のホテル――なんて名前でしたっけ？

ああ、そうそう、そのプレステージっていう。どういう意味だったんでしょうね。

ああ、偉業、威信、名声とかですか。ふふっ。なんかおかしいですね。皮肉だわ。今思うと。
え？　マジシャンが手品で、最後に客を驚かすところのことも言うんですか？
ああ――その点じゃ、あいつは全然駄目でしたね。あんまりそんなつもりがなかったみたい。脅かそうとか、怖がらせようとか。
だって――全然そっちに関心が湧かなかったですから。どういう仕掛けになっているのかなんて、全然。

＊

十七歳の少女、葛羽紅葉《くずはもみじ》がちょっとした有名人になったのは、母親のせいだった。

女性実業家である母親の会社が、大勢の顧客から資金を集めることに成功した後で、販売するはずの商品が輸入元の外国から届かなかったのだ。

母親はテレビにも出ていて、上から目線のコメントを乱発する強気キャラとして文化人とタレントの間のような顔をしていたので、このトラブルもマスコミで騒がれた。自宅に押し掛けてきて、あまりにもうるさいので、

「いい加減にしてください！」

と、紅葉は無数のカメラの前で啖呵《たんか》を切ってしまったのだ。

「確かに、ウチのママは少しばかりテレビで偉そうにしてたかも知れませんが、大した存在じ

ゃなかったでしょ？　そのちょっと困った顔とか泣いている顔を見たってしょうがないでしょ！　え？　お金を払った人たちへの責任ですか？　それは何とかするでしょうよ。できなかったら警察に捕まるでしょうよ。でもそれと、あなたたちがなんの関係があるんですか？　あなたたちの友だちですか、その人たちは？　ただでさえそのお客さんに説明しようとパパが電話しようとしても、あなたたちがやたらに取材申し込みだのなんだので掛け続けてくるもんだから、回線がパンクしちゃって、携帯も繋《つな》がらないんですよ。いい迷惑ですよホントに。え？　また責任の話ですか？　なんの責任ですか？　そりゃテレビとかに紹介されてはしゃいでたママはみっともないですけど、だったら番組なんかに出さないでもらえれば良かったんですよ。ホントにもう、いい迷惑なんですよ。え？　今、放送してる？　知らないわよそんなこと！　とにかく、ウチが迷惑を掛けた人たちには謝るし、なんとかするつもりでいるみたいですから、関係ない人たちはどっかに行ってください！　ママを笑いものにしたきゃ、陰でいくらでも悪口を言ってください。とにかく今、大変なんですから、邪魔しないでください！」

というコメントが全国に生放送されてしまったのだ。彼女は未成年なので、録画とかだったらモザイクがかかったかも知れないが、手遅れだった。彼女自身も以前に別の番組で顔を出していたので、関係者に準じているような扱いになってしまっていたのもまずかった。

紅葉のことを「なんだあの生意気な娘は」という人もいたし「はっきり物を言う、しっかりした娘だ」と褒《ほ》める者もいた。だがほとんどの人間にとって、彼女はとにかく「なんか面白いのがいる」という好奇心の対象になってしまったのだ。

取材の申し込みが、母親よりも紅葉自身にやたらと押し寄せてきた。もちろん全部断ったが、それがますます火を煽《あお》ることになってしまい、学校にも行けなくなって、すっかりまいってしまっていた。そんな風にして一週間ほど経《た》った後のことである。

「紅葉、お願いがあるんだけど」

母親がいきなりそう言ったとき、紅葉は嫌な予感がした。

「なによ、もうテレビとか駄目よ」

「そうじゃないのよ、実はぜひ、あなたに会いたいって人がいて」

「はあ？　なにそれ」

「ああ、いや、そうじゃないのよ。別にマスコミ関係とかから来た話じゃなくて。ウチのお得意さまの方から頼まれて。その人は凄《すご》い影響力があるから、今回のトラブルの収拾《しゅうしゅう》をお願いしていたんだけど」

「えー——それって」

「いやいや、大丈夫。そんなんじゃないから。ただ話をしたいってだけだから」

「女の人なの？」

「いや、それは——わかんない」

「なんでわかんないのよ？」

「謎の人だって話だから——滅多《めった》に人前に顔を出さないらしくて。そう、ある意味で、滅多にないチャンスでもあるのよ」

母親の顔が妙に強張《こわば》っている。笑っているのだが、でも同時に緊張している。それを隠そうとしているのだが、成功していない。彼女の中にも混乱があって、それでいいのかどうか迷っているのだ。

紅葉は結局、その話を引き受けた。状況を打開したいのは彼女も同じだったからだ。

家の周りはマスコミだらけなので、見つからないように出ることはできない。みっともないとは思ったが、眼鏡をかけてマスクをして、帽子を深々と被《かぶ》って玄関を出た。たちまち凄いフラッシュの嵐だ。なんでこんな風になるのか全然理解できない中、何か一言、みたいなことを言っているらしい声の渦が感じられるが、まったく耳に入らず、返事もできなかった。

車の中に乗り込むと同時に、発進した。

忌々《いまいま》しくなって、マスクと帽子をすぐにむしり取った。

「いやあ、よく決心してくれましたね」

車の中で待っていた恰幅《かっぷく》のいい男がそう話しかけてきた。車内は広く、こういうのがリムジンとかいうヤツなのだろうか、と紅葉は思った。運転席と後部席が区切られているのだ。

「紅葉、こちらが荒磯《あらいそ》さんよ。今回のお話を持ってきてくださった方で、リード・コンサルティング社の会長さんなのよ」

母親にそう言われて、紅葉はちょっとだけこの荒磯という男に「どうも」と愛想のないお辞儀をした。

「紅葉さんですよね。あのテレビは拝見いたしましたよ。いやあ痛快なコメントでしたよね」

「…………」

紅葉が返事をしなくても、荒磯はまったくにこやかな表情を変えず、

「いや結構結構、きっとそういうところがあのお方のお気に召したのでしょう」

と言った。紅葉は少し口を尖《とが》らせて、

「あのお方って、誰です？」

と訊いた。すると荒磯は太い首を左右に振って、

「我々も、あのお方がどういう人なのかを正確に説明することはできません。名前は——我々はシャーマン・シンプルハートとお呼びしています」

「外人、なんですか？」

「おそらくは。しかし現在はこの国の国籍を取得されていますから、法的には外国人ではありませんよ」

「どこの出身なんですか」

「いや、それは私たちにはわかりかねます」

「なんか曖昧《あいまい》ですね」

「とにかく秘密のお方なんですよ」

「お金持ちなんですか？」

紅葉がさらに質問しようとすると、横から母親が「いい加減にしなさい、失礼ですよ」と注意してきた。荒磯は微笑《ほほえ》んだまま、

「どうせこれからお会いするんですから、直《じか》に訊《たず》ねてみればいいでしょう。私としては、別に彼の個人情報にはなんの興味もないですから」

「彼、ですか。やっぱり男なんですね――」

ちら、と母親を見るが、彼女は素知らぬ顔である。

(私、クラスの男子とさえうまく話せない感じなのに――なんでこんなことに)

うつむいていると、車は都心のど真ん中へとどんどん進んでいく。そしてなんか凄い大きな建物が見えてきたな、と思ったらそっちへ向かっていく。

「あ、あそこですか？」

「そう、あの建物ですよ。ホテル・プレステージ。三ツ星とまではいかないが、過去には星をつけてもらったこともある、格式あるホテルです」

「あんなところに泊まっているんですか？」

すごく高級そうだ、一泊何十万、とかいうヤツではないだろうか、と紅葉が怯《ひる》んでいると、荒磯が、

「泊まっているんじゃありませんよ。彼の所有物なんです」

と言った。紅葉は驚いて絶句してしまう。すると母親が横から、我慢できなくなったように、

「あのう、それで――例のあの〝でびる屋〟の方は――」

と口を挟んできた。だがこれには荒磯は無言で首を横に振るだけで、何も言わない。母親は気まずそうな顔で目を伏せた。

紅葉は、母親が時々、自分の前で見せる女性実業家の葛羽倫子《ともこ》が強いものに媚《こ》びる態度が、とても嫌いだった。今の口調は完全にそうだった。

(でも——でびる屋って、なんだろ……?)

なんだか冗談みたいな名称だが、よくそういう隠語みたいな言葉が大人の世界では使われているので、きっとその類《たぐい》のなにかなのだろう。その外人がやっている仕事のことかも知れない。植木屋に汚くなった庭を綺麗《きれい》にしてもらうように、危なくなっている事業をその〝でびる屋〟になんとかしてもらう——ということなのではなかろうか。そしてそれは、隠語で言わなければならないような、あまり大っぴらにはしにくいことなのだろう。

(ああ、なんか嫌だ嫌だ——)

紅葉は胸の中がもやもやしてきて、不快になってきたので、それ以上考えるのをやめた。なんだかそういうことを考えるのが、自分の方こそ母親のいる世界に媚びを売っているみたいな感じがしたからだ。

無言のうちに、車はそのホテル・プレステージの前に停車した。

運転手が先に降りて、回り込んできて、彼女の側のドアを開けた。

どうぞ、みたいな感じで手を伸ばされて、促《うなが》される。仕方なく紅葉は外に出た。

母親は彼女の後から、荒磯は反対側のドアを自分で開けて出てきた。

母親が持ってきたトランクを運転手が持って、四人でホテルの中へと入っていく。クリスタルのシャンデリアが下がっていて、カーペットが敷き詰められている豪奢《ごうしゃ》なエントランスで、

こういうところに初めて入った紅葉は多少気が引けたが、しかし、

(冗談じゃないわ。ママはさておき、私はここにわざわざ来てやってるのよ——こっちの方が立場は上のはずだわ)

むすっ、と顔を引き締める。そしてホテルのエレベーターのところまで来て、四人ともその中に入る。

荒磯が押したボタンは最上階のようだった。当然、一番いい部屋ってことになるのだろう。

エレベーターはじりじりと上がっていく。数字はぱたぱたとめまぐるしく動いていて、ケージの速度は相当のものらしいが、なにしろホテルが超高層なのでなかなか到着しない。

「ううう……」

さすがに緊張が襲ってきて、紅葉は小さく呻《うめ》いた。

母親をちら、と見るが、紅葉以上に緊張しているらしく、青白い顔をしていて、化粧が浮き上がって見えた。ちぃん、というやや引き延ばされた感じの音を立てて、やっとエレベーターが停まる。

ドアの向こう側に見えるフロアは、とても煌《きら》びやかな内装だった。ごくり、と紅葉は唾《つば》を飲み込んだ。荒磯と母親が先に出る。紅葉も続こうとして——その前を遮るものがある。

脚だった。

横から突き出された脚が、まるで踏切のように彼女の行く手を塞《ふさ》ぐ。

荷物を持ってきていた運転手だった。

はっ、と彼のことを見る。しかし彼の方は彼女の方を見ずに、上げた脚をぶん、と振り回すようにして、荷物をケージの外に蹴り飛ばした。わっ、と母親がその荷物に背中を押されて転ぶのが見えた——しかし彼女が床に手をつくのを確認するよりも先に、エレベーターのドアがふたたび、ちん、と閉じてしまう。

そして下に降り始める——閉じこめられてしまう。

「………」

絶句している紅葉に背を向けながら、運転手は帽子を脱いだ。下から縮れた長い髪の毛が、ふわっ、とこぼれ落ちる。

くるっ、と振り向いたその顔は、褐色の肌をしていて、彫りが深めで、鼻筋が通っていた。唇もやや厚めだ。瞳の色は湖のように青い。

どう見ても東洋人の顔ではないが、といって白人とか黒人とか、明確に区分できない感じの、不思議な顔立ちだった。色々と混じっている、それが最も適切な表現のようだった。

とにかく、外人だ——ということは、つまり、

「あ、あの——もしかして……？」

こいつが例の、シャーマン・シンプルハートとかいう……と彼女が考えたところで、そいつは長い手足を動かして、彼女の方に迫ってきた。

脚が上がって、彼女の頭上を通って、どん、と壁を踏みつける。ひっ、と紅葉は腰を抜かしてしまって、床にへたりこむ。

するとその顔の前に、ぶらり、と下がってきたものがある。

糸で吊《つ》られた、けばけばしい色彩の奇妙な人形だった。

眠っているような顔をしている——と思った次の瞬間には、人形の瞼《まぶた》がぱかっと開いて、顎《あご》が落ちるかのような速さで開いて、そして笑い出した。

「——ひょひょひょひょひょ！」

耳に突き刺さって来るかのような、けたたましい笑い声だった。

紅葉はぎょっとして、男の方を見る。しかし彼は無表情で、ガラス玉のような眼でぼんやりと彼女を見つめているだけだ。その唇が一ミリも動かないのに、声だけが聞こえた。

「こっちだよ、こっち」

「……は？」

「だからこっちだって、こっちを向けよ」

男の唇はやはり、ぴくりとも動いていない。まさか、と思いつつ、彼女は人形の方を見る。

するとその操り人形は、かくかく、と首を動かして、うなずくような動作をした。

「そうそう、人と話すときは、ちゃんと相手の眼を見るのが礼儀ってもんだろう」

そう言った。そしてぺこり、と頭を下げて、

「んじゃ、あらためて自己紹介をしようか。やあこんにちは。吾輩は陽気なマスコット、その名も〝ハズレ君〟だよ。よろしくね！」

「………」

紅葉はまた顔を上げて、男の方を見る。しかしまったくの無表情のまま、静止画のように動かない。その顔に意味があるとしたら、こうとしか言えない――〝察しの悪いヤツだな、空気読めよ〟と白けているのだ、と。

「…………」

下を向く。すると人形がまた「ひょひょ」と笑って、

「君は今、こんな風に思っているかな。〝なんだこりゃ。どうなってるんだろう。でも少なくとも、この変な状況を一言で説明できる言葉があるな〟ってな。つまり――」

人形が手を上げて、彼女のことを指差すように動いた。

「――〝腹話術〟ってな」

身も蓋《ふた》もない説明を、自分の方からしてみせた。

「どういう――つもりなの……？」

紅葉は押し殺した声を、なんとか絞り出した。

「ふむ」

人形の口が開いて、同時に声がする。

「正直、君の印象なんかどうでもいいんだが、とまどいがあるならこう考えればいいんじゃーねーのかな。つまり――〝お巫山戯《ふざけ》〟だって」

人形が首を傾けて、口元だけがちょっと吊り上がる。実に細かい動作だった。

紅葉が黙り込んでいると、エレベーターが停止した。

ぱっ、と男は彼女から離れて、開いたドアから外に出ていってしまう。ご丁寧《ていねい》に、人形はその間ずっと、歩いているような動きをし続けて、彼女の方に向かって、こっちこっち、と手招きまでしている。

「…………」

どうしよう、と思ったが、でもここで帰ってしまったら、何をしに来たのかわからない。それに家に今戻っても、マスコミに取り囲まれている状況も変わらない。

「——まったくもう、なんなのよ……！」

舌打ちしながら、座り込んでしまっていた床から腰を上げて、男の後に続いた。

さっきの最上階とは違って、そのフロアはやたらに薄暗かった。それに、なんだか妙に広い。廊下とか壁とかがなくて、柱が剝《む》き出しになっていて、がらん、としている。窓の外に風景が広がっていなかったら、駐車場まで降りてきたのかと思ってしまっただろう。

そう、外が見える。

何にもない空がある。高い建物が付近にないので、向こう側は空しか見えないのだ。窓際まで行けば下が見えるのだろうが、こちらの端からだと街並みは見下ろせない。

空が、あまりにも何もないので、まるで色紙のようにさえ見える。

(な、なによ、ここ……？)

他の場所とあまりにも印象が違う。その逆光の中に男は立っていた。ぴん、と右腕だけを横に伸ばしていて、その下で、糸に吊られた人形がかくかくと動いている。足下から伸びる影が紅葉の近くまで来ている。

「なんだここ、って考えているんだろ？」

ひょひょひょ、とまたしてもあの気味の悪い笑いが響く。もちろん男の唇は微動だにしない。

操り糸が繋がっている指先だけが小刻みに、繊細に動いている。

「ここは——そうだな、このホテルの、現在の存在価値の肝《きも》、ってところかな」

訳のわからないことを言う。さっきからこの男は、まったく意味のあることを言わない。いや、喋《しゃべ》っているのはハズレ君とかいうふざけた人形であるが。

「ここの名前はなんでも〝ブルースカイ・ラウンジ〟っていうらしい。見晴らし最高のくつろぎ空間、という訳だが、さらにいい景色を見たければ上の階に泊まってくれ、っていう中途半端な場所でもあるな」

人形は首をかたかたと動かして、周囲を見回すような動作をし、

「ださい名前だな、ブルースカイなんて。ところで、君はどう思う？」

そして唐突《とうとつ》に訊いてくる。

「青空と聞いて、どんなことを連想する？」

紅葉は一方的にべらべらと喋られるのにうんざりしたので、顔をしかめながら言い返してやる。

「あのう、すみませんけど——私に用があるんじゃないんですか？」

「ほほう、何でそんな風に思う？」

「呼ばれたから来たんですよ。違うんですか？」

「呼ばれたというだけで、君はほいほいとこんなところまで来たって言うのか？　ずいぶんと軽いな」

ひょひょひょ、と笑われたので、紅葉はカッとなる。

「なによそれ？　あんたが会いたいとか言ってるって話だったのよ？　それでわざわざ来てやったんじゃない！」

「それは違うな」

ハズレ君は腕を組むような姿勢になり、二度うなずく。

「君は自分に自信があったんだ。会いたいと思っているヤツがいる、と言われて、それをすぐに信じた。当然のことだと思った。なぜなら、自分にはそれだけの価値があり、魅力的だと思いこんでいたから、だ——軽い軽い、すごく軽い。実に軽い」

ひょひょひょひょ——笑い声がどこまでも響く。

紅葉の顔が真っ赤になり、物も言えないほどの怒りがこみ上げてきた彼女は、もがもがと口を動かすことしかできない。そこに人形が、

「何が軽いんだと思う？」

と訊いてきた。

「はあ？　なんのことよ？」

「君は軽いわけだが、それは何が軽いんだろうな？」

「軽くないわよ！」

「それは何と比べて軽くないって言っているんだ？」

「え？」

紅葉は急に言われて、眼をぱちぱちとさせる。人形はそんな彼女に向かって、顎を突き出すような動きをしてみせて、

「君は、自分と、それ以外の他人と、どっちが軽いと思っているんだ？」

と質問してきた。紅葉は混乱した。状況も意味もさっぱりわからない。それでもなんとか答えてみる。

「そ、そんなことは――決められないわ。そうよ、簡単に言えることじゃないわ」

「なんで簡単じゃないんだ」

「だって――色んな人がいるでしょう？　みんな一緒くたにはできないわ」

「じゃあ、どれくらいに分けているんだ？　好きな奴に、嫌いな奴に、馬鹿にしている奴に、面倒くさいと思っている奴に、うざいと感じている奴に、死んでしまえばいいのにと思っている奴に」

「なんでほとんど、悪い印象の奴ばかりなのよ？」

「いや、別に深い意味はないけど。でもなんか、みんなそんな風に感じてるんじゃないのかって思って」

「そんなことはないわよ」

「でも不潔な奴は嫌いだろ」

「そりゃあ、そうよ」

「清潔な奴は好き？」

「嫌いじゃないわね」

「潔癖性で、いつでも消毒液を持っていて、何でもかんでもいったん拭《ふ》かないと触ることもできない奴のことは、大好き？」

「……いや、それは、ちょっと困るけど」

「やっぱり嫌いじゃないか。清潔でも不潔でも嫌いなんだろ？」

「それは無茶苦茶《むちゃくちゃ》よ。極端な例を出しているだけだわ。みんな、もっと普通じゃない」

「普通は好きか。ありふれていて、凡庸《ぼんよう》で、なんら目立つところのない奴が一番好きなのかな」

「その言い方も、ちょっと」

「じゃあ結局何が好きなんだかわからないな。嫌いなものはどんどん増えていくのに」

ハズレ君人形は肩をすくめるような動きをして、ひょひょと笑う。

紅葉はうんざりして、

「私と、こんな話がしたくって、わざわざ呼んだんですか？　私が普通でつまらない人間だって証明するために？　これで満足ですか？」

と言うと、ハズレ君人形は笑うのをやめて、

「いやいやいやいやいやいやいや。いいや。実は君に用があるとかないとか、そういう話でも

なかったりするんだな、これが」

と、また彼女のことを指差してきた。

「君の名前は葛羽紅葉だね？」

「ええ、そうよ」

「それじゃあ、クズって呼んでいいかい」

「……できたら、やめて欲しいんだけど」

「じゃ、クズっち。こいつはぎりぎりの譲歩《じょうほ》だぜ？」

「もう、好きにすれば」

「オーケイ、クズっち。本当のことを言うと、この吾輩も、君のことは全然興味がないんだ」

「へええ、そうですかそうですか」

「まあ聞けよ。実は吾輩には、とっても鬱陶《うっとう》しくて面倒臭《めんどくせ》ぇご主人様がいて、その糞野郎《くそやろう》が、君のことをよく知るべきだとかぬかしやがったんだよ。それで仕方なく、君をここにこうして呼びつけたって訳だ」

「ご主人とか言う割に、ずいぶんと嫌いみたいね」

「ああ、大っ嫌いだね」

「よくわかんないけど、でびる屋っていうんでしょ、あなた。それもやっぱり会社みたいなもので、社長とかがいるの？」

紅葉の問いに、男は相変わらず、まったく反応しないが、その指先に操られている人形の方は、おーのー、と天を仰《あお》ぐような動作をした。

「その名称は、くだらない連中が適当に呼び始めたもので、どうでもいいようなものだが――でびる屋そのものは、吾輩だけのことで、ご主人様とは関係ないな。ちなみに、でびるってのは訛《なま》った表現だ。どうもデヴェロップメントとか、デヴォルーションというような言葉をまとめた表現らしいな。意味わかる？」

「わかるわけないでしょ。女子高生よ、私」

「新しい進歩と、責任の委譲ってところだな」

「まとまるもんなの、それって」

紅葉の言葉に、ひょひょひょ、という笑い声が返ってくる。

「一緒くたにできねーよな？　でも吾輩のところに話を持ってくる連中は、一緒にしろって言うぜ」

「どういうことよ。進歩ってのは、自分でやるもんじゃないの？　責任を移したら、それはもう進歩って言えないじゃない」

紅葉の問いに、人形がかくかくとうなずく。

「そうそう、そういうまっすぐな疑問だな。たぶん君がここに来ている理由は」

「なによそれ」

「君には、我々が気づかないこと、知らないままで平気でいることを見つけてくれる可能性があるんだろう。問題点を指摘してくれる、それを期待されている」

もっともらしいようだが意味はさっぱりわからない。紅葉が不満そうな顔をしているのを確認してから、人形は手を動かしながら、

「つまり、馬鹿であることを期待されている。頭の良すぎる奴が逆ギレして〝じゃあ、何がわからないんだ〟と訊いてきているようなもんだな。できる限りアホみてーなことを言い出してくれないかな、と」

「……すごく舐《な》められてる気がしますけど、気のせいでしょうかね」

「いや、その通り」

人形はしみじみうなずいた。紅葉は、ふうう、と深いため息をついて、

「今気づいたんですけど、そこにカメラがありますね。撮ってるんですか、これ」

彼女が指差した天井には、監視カメラが設置されている。

「録画してるの？　ドッキリとか？　だったらもういいでしょ、満足でしょ」

「いや。別に君自身には関心がないから、ドッキリで引っかかっておたおたしているところを撮影したって意味がないし、それで取引終了ということにもならない。君の母親の、なんだったっけ？　まあとにかくそっちの案件も放ったらかしのままになっちまうけど、それでもいいのかな」

「なんか、あんたとかに助けてもらった方が危ない気がしてきてんですけど」

彼女がそう言うと、また人形の口がにたにたと吊り上がった。

「君は自分が今まで、そんなに安心で安全な生活をしてきたと思っているのかね？　親は頼り

になり、人生は保証されていると？」

「……人並みではありますよ」

「ほほう、またしても基準が不明な断定が来たね。人並み、か。それは平均的なという意味かな」

「そりゃそうでしょ」

「平均というのは、みんなを足して、それを均等に割ることだが――そういう意味でいいのかな。君は君が嫌いな連中とまぜこぜにされて、そいつらと大差ないということになっても、それでいいと考えているんだな」

「…………」

紅葉は、人形と、それを操っている男をぼんやりと焦点を合わせずに同時に眺めた。男は本当に置物のようで、指先以外はぴくりともしない。死んでいるかのように。

そして人形の方は、常に動いている。糸でぶら下がっているから宙に浮いているのだが、それは見えない床の上に立っているようにも見える。身じろぎしたり、首を傾けたり、足踏みしたりしている。まるで生きているかのように。

(なんなのよ――この変なヤツ！　別に私に変なことをしようってつもりじゃないみたいだけど――どう考えても変態だわ)

金持ちの訳のわからない趣味に付き合わされている――そういうことなのだろう。そうとしか思えないし、そうとでも考えないと、あまりにも異様すぎて理解不能である。

「ふむうん」

人形が彼女のことを下から見上げるように、じろじろと見つめてきた。いや、人形自体の視力なんてものはないから、そういう動作をした。

「どうもつまらない考えに逃げ込んでいるようだな。それじゃ意味ないな。話はまた改めてすることにしよう」

「え？」

「次に会うときまで、もっと〝何がわかっていないのか〟を考えておけ。一応、当面の処置はしておいてやる」

「ち、ちょっと――何言ってるのよ？」

「忘れるなよ。君に期待されているのはボケだ――ツッコミじゃない。したり顔でもっともらしく解説する必要はないんだよ。といってウケを狙いすぎて、天然を装うのも感心しないことだけど、な――」

そう言いながら、人形が妙な動きをし始めた。ポケットに手を入れて、中から何かを取り出した。いや、ハズレ君人形の手には動く指がないから、どうやら両面テープが貼ってあって、それに物がひっついているらしい。

それは一本の太いペンだった。きゅぽん、と器用に蓋を開けて、そのペンで人形は何やら床の上のカーペットに落書きを始めた。

「――――」

それを操っている男はまったく無表情のまま歩き出す。すると人形が床の上に描いている落書きも、どんどん大きく広がっていく。

「あ、ああー……ちょっと、そんなことしたら――」

ここは高級ホテルなのでは、と思ったが、そういえばこの男が持ち主、とか言っていたようだ。だとしたら好き勝手に落書きとかしてもいいのだろうか。でも――と紅葉が悩んでいると、さんざん床を汚した人形が身を起こした。

「ふむ、こんなもんでいいだろ」

人形の歩みが停まると、男の足も停まる。再び置物に戻る。

「あのう、別にいいんだけど、あんまりそういうことを気まぐれでやらない方がいいんじゃないかな」

紅葉は一応、そう言ってみた。そのペンのインクはなんだかやけに滲《にじ》んでいて、ぎらぎらと油っぽい光沢を放っていて、そんじょそこらの染み抜き作業では取れそうもない感じだったからだ。

落書きは〝あっかんべえ〟と大きく舌を出している簡略化された顔の絵で、お世辞にも上品には見えず、芸術性なども存在しているとは思えない。

「ふむん？」

人形が彼女の方を振り向く。男は背を向けたままである。

「どうして汚してはいけないんだ？」

「だってほら、価値が落ちるんじゃない?」

「価値、価値ねえ――」

人形は首を左に傾ける。

「この建物には何で価値があると思う?」

「それは――こんなに豪華で、綺麗じゃない」

「こいつを建てたヤツは、吾輩に任せたときにこう言っていたぜ――〝こんなに余計《よけい》な経費が掛かるとは思わなかった。とんだ金食い虫だ〟ってな。君の言うところの、綺麗で豪華ってのが、その原因だな」

「任せた……?」

紅葉がきょとん、とすると人形はペンを投げ捨てて、そして一本の小さな棒を取り出した――先端が丸く、かすかに膨《ふく》れているそれはマッチにしか見えない。

「ここが吾輩の持ち物になった時点で、価値は逆転している。表が裏で、裏が表になっている。見栄えなど今や何の価値もない。価値があるのは、このがらんとした空間だけ――一気に広げるために、さらに壁を取っ払ったんだからな」

「え――」

紅葉が唖然《あぜん》としている間に、人形は彼女が、まさか、と思っていた通りのことをした。

マッチを、柱に擦《こす》りつけて発火させて、それを床の上に放り投げた。

落書きの上に。

あっかんべえの線は見事に一瞬で、あっという間に炎のアートに早変わりした。インクは油性で、揮発性で、かつ——どうやら発火性のある薬品だったらしい。

「——うわっ！」

紅葉は思わず後ろにのけぞって転倒する。

あわてて立ち上がったときには、もう炎は広いフロア中に広がっている。

その向こうに、まだ男と人形が立ったままだ。男が腕を上に上げると、ハズレ君人形が炎の壁の向こうから顔を出した。口がぱくぱく動く。

「ああ、非常口は向かって右の方だ。もちろん階段だから、結構疲れるだろうが頑張ってくれや。ひょひょひょ」

そんなことを言う口調は呑気《のんき》きわまりない。紅葉は焦りと恐怖と、そして訳のわからない怒りに苛《さいな》まれつつも、反対側に去っていく男の、その顔が最後までまったくの無表情であることをつい確認してしまってから——あわてて逃げ出した。

非常ベルが、けたたましい騒音をホテル中に響かせ始める。

＊

ぜいぜい言いながら下に降りてみると、もう母親と荒磯はとっくに外に出ていて、彼女のことを「遅かったじゃないの」と叱《しか》ってくる始末だった。

「はあ？　何で私が怒られなきゃならないのよ？」

紅葉が不機嫌そうに文句を言うと、母親は何故《なぜ》かさらに怒りだし、荒磯が、

「とにかく、この場から離れましょう」

と、彼女たちを連れてきたのとは別の車に導いて、その燃えさかる建物から去っていく。入れ替わりで野次馬やら消防車が横を通り過ぎていく。

「いやあの、私——たぶん警察とかに行かないといけないような」

今度の車は普通の乗用車で、運転している荒磯との間には何の仕切りもないので、紅葉はそう話しかけた。しかしこれに荒磯ではなく、母親の方が、

「何言ってるのよあんたは！　馬鹿じゃないの！」

とまたしても怒鳴《どな》ってくる。荒磯は落ち着いた調子で、

「あの火事のことなら心配ありませんよ。既に宿泊客や従業員たちの避難は完了していますから」

と言う。なんだか二人と紅葉の間にはズレがあるようだった。

「……なんか変。なんで驚いてないのよ？」

「いや違うのよ、あんたには、ちょっとだけ説明が足りなかっただけよ」

母親は上から口調で一方的に言う。紅葉はかちんと来て、

「何言ってんのよ。ママだって、あそこに行くまでは全然わかってなかったはずでしょ。あのホテルを燃やしちゃうなんて——そうよ、何であの人、自分のホテルを燃やしちゃったの？」

「それよりもあんた、シャーマンさんにちゃんとお願いしたんでしょうね？　変なことを言ったりしなかったでしょうね？」

その無神経な言葉に、紅葉は頭に血が上った。

「ば、ば、ば——馬鹿言ってんじゃないわよ！　冗談じゃないわ！　変なこと言われたのはこっちの方よ！　ていうか、あいつは全然喋んなくて、ひたすらハズレ君がふざけてて、ああ、もう——」

混乱していて、自分でも何を言っているのかわからず、声がどんどん大きくなっていったとき——ずずん、という地響きが轟《とどろ》いた。

ぎょっ、となって音のした後方に目を向けると、燃えさかるホテル・プレステージが崩れ落ちていくのが見えた。

「——え……？」

単なる火災ではすまなかった。建物そのものが完全に崩壊してしまった。

「ああ。さすがに手際がいい——取り壊す手間も省いたというわけだ」

荒磯が感心した、というような口調で言った。

「え、ええ？　ど、どういうことなの？」

「あのホテルには、構造上に致命的な欠陥があった。設計士が手抜きをして、耐震偽装されていたんだ。最初から不良品だったんだ。ことが公《おおやけ》になれば、もちろん建て直さなければならない。しかしすでに赤字になっているホテルをわざわざ建て直すのも馬鹿馬鹿しい——そう思った前オーナーは、あそこをシンプルハート氏に託すことにしたんだよ。火災で完全に失われてしまえば、保険金も入るし、土地として再開発するのも容易だからな」

「…………」

紅葉は説明されても、ほとんど頭には入らなかった。そんな風な〝世間的な理由〟はどうでもいい気がした。しかし確か、あの人形の口からはそんな言葉も出てきていた。新たな進歩と、責任の委譲と――重ならないはずの事柄が重なっている。派手にぶち壊すことが、新しい展開に繋がっている。これがでびる屋なのだろうか。

でもなにかが、決定的に違う気もする――あの男と、あの人形と。あの奇妙さはそんな辻褄の合う行為とは重なっていないような気がしてならない。頭の中をもやもやしたものが広がっていく。そんなときに母親の媚びる声が聞こえてきた。

「見事なお手並みですわ、ほんとうに。私の方の負債もぜひお引き受けしていただけたら――」

はっ、と我に返った紅葉は、

「ち、ちょっと待ってよ――それってつまり、みんなを騙してて、だから――詐欺でしょ？」

と遠慮のない指摘をした。これに荒磯はくすくす笑い、母親は顔を青ざめさせた。

「こ、こら！　言葉に気をつけなさい！」

「ママは平気なの？」

「あなたは世間のことを何も知らないのよ」

母親は眉をひそめながらも、断固とした口調は変化しない。

「誰も損をしないことをしているだけなのよ。困る人は誰もいないの」

「私が困ってるわ！」

紅葉は思わず叫んでしまった。母親は口を閉ざして、荒磯も何も言わないので、車内には沈黙が落ちた。

紅葉は奥歯を嚙み締めながら、車の窓から外を睨《にら》むように眺めていた。

頭の中で、あの腹話術人形の言葉がぐるぐると回っていた。

〝次に会うときまで、もっと『何がわかっていないのか』を考えておけ。一応、当面の処置はしておいてやる〟

次に会うなど冗談ではない、と思った。そんなときである。

車が信号待ちで停止した。するとそのタイミングを計ったかのように、荒磯の懐《ふところ》の携帯電話が着信した。

荒磯は機器を取り出して、電話に出る。一言も発さずに、その電話を後部席の葛羽倫子のところに投げて寄越《よこ》した。

「どうぞ」

言われて倫子は、おそるおそる通話に出る。

「――もしもし。葛羽です――ああ！　あなたがそうですか。――ええ、ええ――ああもうわかっていらっしゃるんですね。はい、それはもう、是非とも――え？」

明るい口調で喋っている母親を見て、紅葉は嫌な予感がした。

「は、はい——いえ、かまいませんが。——ええ、ええ、そんな心配はしていませんけど、でも本当にそんなことがあるのでしょうか——いえ、そんな。——は、はあ……」

口調がだんだん煮え切らないものになっていくのが、ますます嫌な感じである。そしてその予感は当たってしまう。

母親が携帯電話を、紅葉の方に差し出してきた。そしてうなずきかけてくる。出ろ、ということらしい。

おそるおそる耳元に近づけると、なにやら、

〝……ギ、ギ、ギ……〟

と雑音ばかりでよく聞き取れない。

「え？　なに？」

〝……ギ、ギヲムケ〟

「あの、よく聞こえないいんですけど」

〝……右ヲ向ケ、右ダ——右ダッテ〟

機械的な、音声ソフトで合成されたような声が聞こえてきた。

〝右、右、右ッテ、イッテルダロ——〟

声がどんどん甲高くなっていく。なんだこれ、と思って、つい右の窓の方を見てしまう。

すると、明かりの消えたショーウィンドウが見えて、その中でかくかくと動いているものが目に入る。

ぴっ、と手を上げて、振ってきたそれは、どう見てもあの人形だった。

〝よぉ、クズっち〟

電話からは急に、さっきまで散々《さんざん》話していたあの声が聞こえてくる。

「な、なな、なんで——」

〝なんでもかんでもねーだろ。ハズレ君だよ。すっかりお馴染《なじ》みだろ？〟

人形は、ショーウィンドウの向こう側で、たったかとステップを踏んでいる。操っている人影はまったく見えない。

「だ、だって——」

〝おいおい、何動揺してる？　だからそういうのは君に期待していないんだって。よく考えろよ。薄暗い中だぜ。いくらでも糸を隠したり、遠隔操作のやりようがありそうなもんだろうが〟

またしても、自分から身も蓋もないことを言う。

「じ、じゃあなんで、あんた本人は隠れてるのよ？」

〝本人？　本人ってなんだ。野暮《やぼ》なこと言うんじゃねーよ〟

ひょひょひょ、という笑い声が響く。耳元で聞こえるとますます不快である。

「どういうつもりなのよ、いったい？」

〝いやあ、ちょっとした確認だよ。まさか君が、もういいだろとか思っていないか、どうか〟

人形がウィンドウの向こう側で踊り狂っているのが見える。飛び跳ね、宙返りし、立っているマネキンを片っ端から蹴り倒している。

「……なんのことよ？　だってもう、私と話はしたでしょ？」

〝ほうらほらほら、やっぱりそんなマヌケなことを言うんじゃねーかって思ってたんだ。駄目駄目、あんなんじゃ君は全然義務を果たしていない。もっとこう、がつんと来る話をまだまだ言ってもらわないとな〟

「義務？　義務って何よ。私、そんなの知らないわよ――」

〝じゃあ、やめるか？〟

突き放したように言われて、一瞬絶句する。そして、気づいた。

ウィンドウのさらに奥が、鏡張りになっていた。そこに誰かが映り込んでいる。

影に隠れているのでよくは見えない――だがその手足の長いシルエットは、さっきまで一緒だった男に違いなかった。窓際の壁にもたれかかって、携帯電話を耳に当てて、もう片方の手はポケットに突っ込んでいるらしい。コントローラーを握っているのかも知れないが、確認できない。

〝別にまあ、どうでもいいんだぜ。なにしろ吾輩は、君に興味は特にないんだから〟

声は聞こえるが、鏡の中の男の唇はやはり、微動だにしていない。

そして、その眼――反射越しに彼女のことを見つめている。彼女もその姿を見つめている。それなのに、眼が合っているという感じがまったくしない。その前にいる人形の目玉の方が、よっぽど視線を感じる。

男の眼は空っぽだった。紅葉に興味がないとか言っているが、そもそも何に興味があるのか、まったく見当もつかない眼をしていた。

（…………）

紅葉は少し息を呑んだ。何か言おうとした。そのとき、母親が彼女のことを不安そうに見つめている顔が、車の窓に映り込んでいた。はっ、と我に返る。

「……まだまだ、って言ったわね」

小声でぼそぼそと質問する。

〝ああ、言ったよ〟

「それって、どれくらいやらなきゃならないわけ？」

〝そうだなあ――ざっと百はデータを提供してもらわないと、割に合わないかもな〟

「あんたのくだらない質問に、百も答えるの？」

〝もちろん途中で文句無しの傑作が出てきたら、その時点でクリアーってことになるかも知れないから、頑張ってくれよ〟

「――何を頑張ればいいのかもわからないんだけど、それは教えてもらえないんでしょ？」

〝そりゃそうだろう、期待されてるのは、吾輩たちが知らないことなんだから〟

「めんどくさいわね――でも、しょうがないんでしょうね」

〝いや、だから別にやんなくてもいいぜ〟

「そしたら――あんたは」

ママを助けてはくれないんでしょう、と言いかけて、その口が途中で動かなくなる。それを言ってしまうと、なんだかあからさまに、自分が追い詰められすぎる気がしたのだった。

するとその彼女のわずかな沈黙をすかさず〝ひょひょひょ〟という不快な笑い声が遮る。

〝いいね。そういう意地の張り方――それそれ、そういうのを、これからも期待するぜ。じゃあな〟

「え？　ちょっと、この後は――」

〝君は今後、吾輩に会おうとする必要はない。そのときが来たら、嫌でも会うことになる。気い抜くんじゃねーぞ〟

そして通話は一方的に切れた。人形もウィンドウの陰に引っ込んでしまい、鏡に映っていた人影は、気づいたらどこにもいなくなっていた。

停車していた車が発進し、その場所からもどんどん遠ざかっていく。

「――――」

絶句して、電話を耳から離す。すると母親が心配そうに、

「ちょっと紅葉、今、何の話をしてたのよ？　なんだかずいぶんと失礼な口を利《き》いてなかった？」

「いや、それは、だって――ママだってあいつの声を聞いてるでしょ。あんなふざけた声じゃ」

「何言ってるのよ。そりゃあ外人さんだから、少しイントネーションがおかしいところもあったけど、誠実そうだったし、そんなに変な声でもなかったわよ」

「え？」

母親の言葉に、紅葉は虚を突かれて押し黙ってしまう。

（どういうこと？　あいつ、私と、それ以外の人じゃ声色《こわいろ》を変えてるってこと？　なんでわざわざ、そんな――）

意味がわからない。そもそもあの人形を間に挟む理由も全然わからない。

混乱の極《きわ》みにあったが、それでも紅葉にはひとつだけはっきりしていることがあった。

（――私、当分は何を見ても、きっとそんなに驚いたり、笑ったりできないでしょうね。あいつ以上に変なものや不思議なことがあるとも思えないし――）

それだけは、どう考えても確実だった。

SECOND SESSION

『おおむね、威張ることについて』

……手際は、よかったんでしょうね。

あの火事が騒ぎになったのも、だいぶ後になって、他のこととの関連でだったし。現場には自分で火をつけた証拠は全然なかったらしいし。それで家に帰ったら、囲んでいたマスコミが消えていたんです。ええ、そうです。もう彼らのところに情報が流れていたんです。ああいうときって、ホントにすぐいなくなりますね。一言の謝罪もないんですよね。まあ、あんまり文句を言う気にもなれませんけど。こっちも後ろめたかったし。

え？　何をしたのかって？　さあ。ママの商売のことは嫌いなんで、よくわかりません。そのときはお金の目処《めど》がついたとか、そんな程度じゃなかったかしら。いや、あの問題が出てくるのは、これよりもちょっと後です。あれが決定的だったけど、それはまだ先のことです。

このときはまだ、とにかくハズレ君が次にどこから出てくるのかって、そればかりを気にしていました。でも、あんまり待つ必要もなかったんですよね……。

＊

翌日、しばらく休んでいた学校に、紅葉はやっと登校できた。まだちょっとビクビクしていたので、玄関を出るときにマスコミがいなかったのにはホッとした。

(あいつは〝当面の処置はしておいてやる〟とか言っていたけど——これがそうなのかしら)

ただ、ずっと家にいた父親が、あの後で母親とものすごい喧嘩《けんか》を始めて、朝になってもギスギスしていたのが嫌な感じだった。

(あんまり聞きたくなかったから、何を揉《も》めてたかわからないけど——〝こんなのはその場しのぎだろう〟とかパパが怒鳴ってたっけ……ああヤだヤだ)

頭をぶんぶん振って、もやもやする気持ちを振り払う。

「ああ、紅葉じゃない!」

通学路を歩いていたら、後ろから声を掛けられた。振り向くとそこには仲のいい友人、久嵐《くらん》舞惟《まい》が手を振りながら走ってくるところだった。

「おはよ、舞惟」

「何よぉ、思ったよりも元気そうじゃんか」

舞惟はぱんぱん、とやや乱暴に紅葉の背中を叩いてきた。

「痛いよ、舞惟」

「テレビ観たわよ、面白かったあ」

「やめてよ、もう——」

「いやいや、けっこう可愛《かわい》く映ってたから大丈夫」

「ならいいかな——って問題でもないんだけど」

「そんなシリアスになることないよ。みんな、すぐに忘れちゃうから」

「だといいけどね――」

少女たちは互いを小突きあいながら、校門をくぐった。彼女たちの高校は、県下でも有名な名門私立校である。学費がかなり掛かるので、基本的には余裕のある家庭の子どもばかりである。

(そっか――もしかして)

と紅葉は気づく。親の仕事がうまく行かなくなって、破産とかになってしまったら、もうこの学校には通えなくなるのかも知れない。

そうなったら、どうなるんだろう――想像がつかない。今住んでいる家から出て、どこかに行かなければならないのだろうか。自分も働きに出て――いや、全然イメージできない。不安になるべきなのか、新しい出会いがあるかもとか、そういう風にも思えない。

ただただ、漠然としている――もしも学校にいられるのなら、受験のことも考えなければならないが、無理ということになったらその努力はまったくの無駄である。

(ああもう、なるようにしかならないわ――)

前向きにも後ろ向きにもなれず、紅葉は開き直るしかない。

久しぶりに入る教室だったが、みんな少しよそよそしい感じで、彼女のことをどう扱っていいのかわからないようだった。舞惟だけはよく話しかけてくれるが、クラス内の淀《よど》んだ空気の中で、自分がそれにどう返事していいのかわからず「うん、うん」と生返事ばかりしてしまう。せっかくの友人の好意に駄目だなあと思うのだが、何もできない。授業は当然、かなり進んでしまっていて、あちこちわからない。それでもノートを取りながら（後でしっかり復習しなきゃ——）と考えていた。

帰る時間になって、舞惟が「一緒に帰ろ」と誘ってくれたが、

「ううん、今日はちょっと、これから自習してくわ」

「そう？　無理することないんじゃない？」

「ごめんね、せっかく言ってくれてるのに」

「ううん、そんなのはどうでもいいけど——大丈夫？」

「ありがと。平気よ」

「つきあおっか？」

「いや、いいよ。なんか悪いし」

「そう——」

心配そうな舞惟を下駄箱のところまで見送ってから、紅葉は図書室に向かった。この高校は進学を重視しているので、図書室に自習用の机がたくさん用意されているのだった。机にはナンバーが振ってあり、使用するには受付のところで名前を記入する必要がある。

（……あれ？）

しかし、誰もいない受付のところにその記入用紙がない。いつもならボードにクリップで留められた紙があるのだが、そのボードごとなくなっている。近くにいた他の生徒に訊いてみると、さっき最後の欄まで書き終わってしまったので、新しいのを用意するといって先生が持っ

ていってしまったらしい。

（なによもう、手間が掛かるわね——）

待っているといつになるかわからない。紅葉は職員室に行くことにした。

入室にはノックをして「失礼します」と言わなければならない。しかしそうやって入った職員室には誰もいなかった。

がらん、と無駄に広い。

「えーと……」

どうしよう、と思った。ボードを探してみようか、と奥に入りかけて、でも誰かが来るのを待っていないと、テストの問題用紙でも覗《のぞ》きに来たのかとか余計な疑いを掛けられるんじゃないかと変な不安が湧いてくる。

そのとき、何かが匂《にお》った。

炭っぽいというか、焦げているような匂いだった。でも不快な匂いではない。ああ、コーヒーの匂いだ、と気づいてそのもとを探して首を動かしていったら——職員室の隅に、そいつがいた。

応接セットのソファに腰を下ろして、紙コップで淹《い》れたてのコーヒーを啜《すす》っているそいつは、褐色の肌をしていて、縮れた髪にブルーの瞳を持っていて、長い手足を折り曲げて座っていた。

シャーマン・シンプルハートだった。

「な……！」

思わず紅葉は後ろに下がって、壁際の資料棚に後頭部をぶつけてしまった。しかしその痛みを感じている余裕はない。

「な、なんで——なんであんたがここにいるのよ？」

彼女が話しかけても、彼は返事をしない。彼女の方を見もしない。とぼけている——というよりも〝自分に話しかけても無駄なのに、なんでこの馬鹿はそれが呑み込めないんだろう〟とでも言いそうな顔をしている。さらに紅葉が怒鳴りつけてやろうとしたら、ふいに横の方から、

「なんで、ってことはないだろう。別に吾輩がどこにいようと、吾輩の勝手だ」

という声が聞こえたので、ぎょっとして振り向くと、教師の机と机の間から、顔を覗かせている小さな影があった。ひょこひょこ、と動いているが、決して全身を見せないで必ずどこかしら陰に隠れているそれは、もちろん例の人形だった。

「な——」

紅葉は彼の方を見た。しかし彼は例によって、まったく視線を合わせない。人形の方を見ると、うむうむ、とうなずいている。

「なんなのよこれは？」

「だから、いくらでも考えられるだろう。声の反響を利用して、違う方向から聞こえるようにしているのかも知れないし、小型のスピーカーが仕込んであるのかも知れないだろう」

人形は上へ下へと、物陰に沿って移動する。そこに誰かが隠れていて、手で動かしているのがバレバレな感じであるが、術者は離れたところにいる。別の誰かがいるのか、と紅葉は駆け出して、人形の後ろを見ようとした。だがその前に人形はすぐに引っ込んで、別の場所から顔

を出す。他の者が隠れている感じはない。

「そんなに気になるのか？　でもあいにく、吾輩の方はそんなに君には興味がないんだ」

「じゃあ何で、学校までついてきたりすんのよ！」

「それは誤解だ。吾輩がここにいるのは仕事があるからだ。それは君とは関係ない」

「仕事——って、でびる屋の？」

「そうそう、それ」

「馬鹿言わないでよ、何で学校があんたなんかに仕事を頼むのよ？」

「ふうむ？」

人形は首を大きく横に傾けた。

「そいつはいったい、何の根拠のある言葉かな？」

「え？」

「そうだろう？　ホテル業界にはあって、何で学校にはないんだ？　そんなに自信たっぷりに否定できる、その理由はなんなんだ？」

ほんとうに不思議そうな口調で言われるので、つい人形のことをまじまじと見てしまう。

（——いやいや、そうじゃない）

振り向いて、男の方を睨む。しかし当然のように無反応である。沈黙が続いたので、辛抱できなくなって、また人形の方を見ると、ハズレ君はその安定性に欠ける首をかくかくさせて、

「それとも、自分に関係しているものには、そんな変なことが起きるはずがないとでも思って

いるのか?」

「そ、そういうことじゃなくて——学校ってのは」

「学校には誤魔化《ごまか》したいことも揉み消したいことも何もない、とでも思っているのか? 隠し事が一切《いっさい》なく、すべてが公平だと?」

首は落ち着きなく揺れているのに、その眼だけはずっと彼女のことを見つめているような、そんな気がする——。

＊

……学校、でしたねえ。

あの辺から、完全にあいつのペースに乗せられてしまったんだと思う。安心できることなんて何もないんだ、みたいなことばかり言ってて——ははっ。

振り返ってみると、あいつ自身こそが、まったく何も安心できない人生だったたっていうことなんでしょ?

馬鹿みたい。自分が一番ごまかしたくて、色んなことを揉み消したかったってことなんでしょ? みんな騙しているっていってた癖に、あいつが一番騙したかったのは、自分自身の不安だったのかしら? はははっ、ほんとうに馬鹿じゃないの? ばっかみたい! なによ、ただムキになってただけだったの? 信じらんない!

――ああ、ああ。ごめんなさい。大丈夫です。もう平気です。動揺していません。もう立ち直ってますから。もう大丈夫。火傷《やけど》も大したことなかったし、熱もすぐに下がったし。今はもう平熱に戻ってるし。いや、この包帯は別の怪我です。転んじゃって。ええ関係ないです。

……どこまで話しましたっけ？

ああ、そうでした。学校でしたね。うん、なんだかずいぶんと前のような気がします。すごく、遠い――。

*

「自分の周りだけは特別に守られている、というのは何に由来する感覚なんだ？」

「そ、そんな感覚はないわよ」

「じゃあ他の奴らのことでもいい。いるだろ？　妙に呑気というか、試験が近づいてきているのに全然勉強していなくて、それでも平気な顔をしていて、それでやっぱり悪い点しか取れなくて、あーあ、とか言っているヤツが」

「……なんか妙に具体的なんだけど」

「思い当たらない？」

「……いや、いるけどさ。確かにそういう娘《こ》」

「そいつの頭の中を想像してみてくれよ」

「なんでよ。嫌よ」

「嫌、はないんだ——そういう契約だ」

「契約う？　なにそれ？」

「吾輩と君との間の契約だよ。そういうことになっているんだ。君が断れば、すぐさま色々なことが中断される」

「色々、って——なにが？」

「色々は色々だ。どうせ君は、それを理解したくないんだろ？」

そう言われて、紅葉はぐっ、と言葉に詰まる。確かに母親の仕事の裏のことを知りたがらなかったのは彼女の方である。

「ええと——だから」

紅葉はもやもやする頭から、なんとか言葉を絞り出そうとする。

「だから——やる気がしないんでしょ」

「やる気ねえ。これまた微妙すぎる言葉が出てきたぞ」

「何が微妙なのよ？」

「やる気があれば、何でもできるようになるのか？」

「……そんなにうまくはいかないけど、それがなければ始まらないでしょ、どんなことでも」

「じゃあ今、君がやっていることは全部、やる気があって、それで始まったことばかりなのか？」

「——少なくとも、こうやって話をしているのは、ぜんっぜんやる気ないけど」

「なるほど、道理で」

「……納得されるのもムカつくわね」

「やる気がないのに学校に来て、何の成果も上がらないままで、それで時間を無駄にする連中っていうのは、学校の中では少数派なのかな？」

「……そうでもない、でしょうね。半分はもしかすると、そういう人たちかも知れない」

「そこまで自覚はしていないけれど、かな」

「そもそも自覚していたら、そんな風にだらだらしていないでしょ？」

「君は自覚している？」

「——今、あんたに言われて、まさに自覚しなきゃって思い始めたところ」

「ひょひょひょ。でもその自覚っていうのは、何の意味があるんだ？」

言われて、紅葉は少し言葉に詰まった。それはついさっき考えていたことだったからだ。このままこの学校についていけるように努力することに、未来はあるのかと。

「おやおや、黙っちゃったな。これは困るぞ」

「別に困りゃしないわよ。そんなもの、いちいち意味なんて考えていたら、それこそ何もできないってだけのことよ」

「やる気よりも、考えない方が重要か」

「そうとも言えるでしょ」

「教えられるまま、要求されるまま、何も考えずに努力するのか」

んん？　と人形は首を傾ける。紅葉は眉間《みけん》に皺《しわ》を寄せて、

「なんかそれって、つまんない不良とかがよく言う科白《せりふ》みたい。押しつけられたルールには乗らないとかなんとか。陳腐《ちんぷ》よね」

「でも不良でなく、成績がよくない連中は、そういうことも言わないんだろ？」

「――不良だって、実際は押しつけられたルールに乗ってばっかりよ。あの連中、自分たちの仲間内じゃ馬鹿みたいなルールだらけで、いつだって立場の、ほんのちょっとの上下を気にしてばかりいるんだから。舐めるなとか言ってる割には、身内の先輩にはいくら馬鹿にされても逆らわないんだから。あれって先生たちの言うことを聞くのと何が違うのかしら？」

「吾輩にそんなことを訊いても無駄だが、ひょひょ、いいぞ、なかなか調子が出てきたんじゃないのか？」

「とにかく私は、不良は嫌いよ。あんたもなんか悪ぶってるみたいだけど、そんなの全然格好良くないんだからね」

「じゃあ、何が格好いいんだ？」

「わざとらしく格好つけてる時点で、もう全然駄目よ。馬鹿みたいだわ。恥知らずよ」

「恥、ねえ。君には恥はないのか」

「あるわよ、そりゃ。だからこんな風に話しているのはとってもくだらなくて、みっともないことだってわかってるわ」

「恥を忍んで、か。立派なもんだな」

ひょひょひょ、とまた人形は笑う。

「だがそういう気持ちが、こんなことは恥ずかしいから隠したいという気持ちが、色々な問題の原因になっているとも言えるんじゃないのか」

「は？　どういう意味？」

紅葉が訊いても人形は即答せずに、また物陰に引っ込む。

そして、紙束がその向こう側から放り投げられ、職員室中に散らばった。

「わっ、な、なにしてんのよ？」

驚いて、後ろを振り向く——だがそのときには、男は席を立って、職員室から出ていこうとしているところだった。

「え？」

ひらひら、と紙が宙を舞っている——どっちを追えばいいのか、紅葉は人形が消えた方に駆け寄って、そこを覗き込むが、やっぱりそこにはもう人形はなくなっている。

ばらまいた紙が、どんどん床の上に落ちてくる。何がなんだかわからない——

(——いや、いやいやいや、それこそこんなトリックはいくらでも考えられるわ)

人形に紐《ひも》がついていて、それを引っ張ると色々なところに移動していき、あげくに紙をばらまくように仕掛けがしてあったと考えればいいだけのことだった。

(ていうか、どんだけ暇なのよあいつは——私が来なかったらどうする気だったの？)

散らかってしまった紙を一枚拾い上げて、ちらと見るが「入学手続きの手引き」という入試合格者に配るプリントだったので、どうでもいいものだと思った。

散らかったままなのは気になったが、学校の中をあの変な奴がうろついている方がもっと問題だと考えて、彼女はその場を放っておいて、男の跡を追い掛けていった。

猫背気味で大股に歩いていく背中が廊下に見えた。

「ちょっと！　待ちなさいよ！」

紅葉は足を速めたが、男は走っているわけでもないのに妙にするすると動いて、なかなか追いつけない。

階段を上がって、教室のフロアに行ってしまった。紅葉もあわててついていく。

すでに下校時刻をかなり過ぎているので、フロアは静まり返っている。廊下に出て、きょろきょろと見回したが、男の姿は見あたらなかった。

（あああ、まずい、まずいわ――）

耳を澄ませると、向こうの教室からがたがた物音が聞こえてきた。

紅葉はそっちへ走っていき、ドアを思い切り力一杯開いて、室内に飛び込んだ。

「いい加減にしなさい！」

そう怒鳴って、そして、あれ、と思った。そこには男の姿はなく、男子生徒が二人に、女子生徒が一人いた。

ぎょっとした顔で、彼女の方を睨んできた。

「あ、す、すいません。人違いで――」

と言いかけて、紅葉はおかしなことに気づいた。

男子の一人の手には、剝き出しの一万円札が何枚か握られていて、そして女子の手にあるのは、なんだか病院などで渡される薬のシートのような——薬？

（……あれ？）

一瞬、身体が固まってしまう。男子たちが険しい顔になって、

「……おい、見られたぜ」

と低い声で言うと、女子が、

「いや待て——待て待て。こいつは知ってる。あれだ、ユーメー人だよ」

とニヤニヤしながら言った。

「こいつなら、まずバラせねーから平気だよ」

「ああ。そうか。俺も知ってるわ。テレビに出てたって奴だろ？」

「え？　なんだよ」

男子の一人はまだとまどっているようだが、女子は平然と薬を男子に渡して、金を取った。取り引きしている——校内で、堂々と。

（な、なに——なにコレ？）

紅葉は思わず後ずさった。すると男子が近づいてきて、

「おい、待てよ。まだ話は終わってねーよ」

と、彼女の腕を乱暴に摑《つか》んだ。

「見るだけ見といて、はいさようなら、つーのはねーだろ」

「う、うう――」

紅葉は恐怖よりも、むしろ混乱のために何も言えない。

「あれだろ？　おまえの母親も悪い奴なんだろ？　だったらあたしら、お仲間よね」

金を財布に入れながら、女子生徒も近づいてくる。

「当然、黙っていてもらうけど。それだけじゃ悪いから、あんたにも売ってあげるよ。特別だよ？　いつもなら紹介者が要るんだから」

ポケットから小さな袋を取り出して、その封を切る。中からは小さな錠剤が一つ出てきた。見た目はピンク色の、そこら辺で売っているビタミン剤と大差ない感じである。

「ほら、口を開けて」

「うううう――」

紅葉は藻掻《もが》いて、外に逃げようとする。しかし男子生徒が彼女のことをがっちりと押さえつけていて、ろくに動けない。

「口を開けろ、つってんだよ――」

女子生徒が迫ってくる。紅葉は固く唇を閉ざしていることしかできない。どうしたらいいのかわからない――そのときである。

「おい、吾輩を踏むな」

急に声が聞こえた。男子生徒はぎょっとして、周囲を見回す。しかし誰もいない――そこにさらに声がする。

「踏むな、って言ってんだよ——どこを見てる?」

男子生徒が思わず下を見る——そこには小さな人形が転がっていて、その服の端っこを上履きが踏んでいた。

「なんだ、こりゃ——」

男子生徒がそれを蹴飛ばそうとした、その瞬間だった。

ぶん、と何かが飛んできた——男子生徒の胸めがけて突っ込んできた。

シャーマン・シンプルハートの跳び蹴りだった。

めきめきっ、とはっきり骨が折れる音がした。それと同時に男子生徒は吹っ飛んで、教室の反対側まで行った。机をひっくり返して、そのまま動かなくなる——手足がぴくぴくと痙攣《けいれん》している。

「な——」

残った二人が茫然《ぼうぜん》としている中、シンプルハートは無表情のまま床に手を伸ばして、ハズレ君人形に触れる。そして身体を起こすと、人形は糸が繋がったらしく、ふらり、と立ち上がる。

「失礼なヤツだなあ。いきなり蹴ろうとするなんて。だからお返しだ。忘れるなよ、先に蹴ろうとしたのはそっちだからな」

人形の口はぱくぱくと動くが、シンプルハートの唇は当然のように、微動だにしない。

「な、なな——なんだよ、おまえは……!?」

「ん？」

　ハズレ君は腰に手を当てて、女子生徒の方を向くが、シンプルハートの方はどこを見ているのかわからない表情である。

「いや、別におまえとは会話したくねーから、話しかけないでくれるかな？」

　人形は両手をぶらぶら動かしながら、活き活きと動くが、術者の方は置物のごとく固定されている。

「な――」

　女子生徒よりも、その横の男子生徒の方がその言葉に反応した。顔を真っ赤にして、

「ふざけんじゃねえ！」

　と怒鳴りながら、慣れた手つきでポケットからナイフを取り出して開いて、かまえた。所持しているだけで警察に捕まるレベルの刃物だった。

　それをためらうことなく振りかざして、相手めがけて振り下ろしてくる……と思ったときには、もう彼の身体は反対側に吹っ飛ばされていた。

　回し蹴りだった。それも全身が空中で回転する、ローリングソバットと呼ばれるプロレス技だった。踏ん張る支点に欠けるためおよそ実戦的とも思えない技だったが、顔面に踵《かかと》がめり込み、歯を何本も叩き折ってしまっているから、威力は充分過ぎるほどあっただろう。

　なんでそんな動きをしたのかというと――その中心軸に当たるところに、ハズレ君を吊っていたからだった。その人形は術者が動き回ったのに、その位置からまったく動かなかったのだ。

男子生徒の手から離れたナイフが宙を舞っている……それをシンプルハートの手が、ぱっ、と摑む。

そして人形が口を開く。

「なあ、右と左、どっちがいいかな」

それは啞然としている女子生徒に向かって言った言葉だった。

「え？」

「どっちに自信がある？　右側から見るか、左側から見るか——どっちのアングルで見る顔がお気に入りかな。だがまあ、吾輩が見る限り、どっちでも大差ないと思うから、適当に決めるぞ。左かな？」

そう言うや否《いな》や、シンプルハートはナイフを振り下ろした。さっきの男子よりももっとためらいのない動作で、女子生徒の顔に。

その左眼球に。

ずぶり、と刃先はまるで粘土に楊枝を刺したときのようにたやすく、少女の上瞼と下瞼の間に深々と突き刺さった。

「…………！」

女子生徒の悲鳴は、あまりにも甲高すぎて超音波のようによく聴き取れないほどだった。

人形が肩をすくめるような動作をして、

「いや、角膜は避けてやったから、運が良ければまた見えるようになるから、それほどの重傷って訳でもないんだぜ?」

と平然とした口調で言った。そして、くるっ、と振り向いて、

「ところで、クズっち——いつまでこんな下らない連中に付き合ってやるつもりかな。もういいだろ」

と紅葉に言うと、シンプルハートが歩き出し、人形も歩き出す。

「………」

紅葉は、腰を抜かして座り込んでしまっていたが、はっ、と我に返って、這《は》いずるような動きでその場から逃げ出して、男と人形の跡を追った。

*

後でわかったんですけど、あのときの上級生って、結構偉い人のお嬢さんだったらしくて。学校にも多額の寄付をしていて、それで……どうも、入試のときにも不正で入ってきたみたいで。そうです。あの職員室であいつがばらまいた、あのプリント。あれって二年前の入試のときのもので、ああいうものって合格者にしか配られないもので、全部にナンバーが振ってあったんだそうです。それなのに、あのプリントの番号は全部一緒で、つまりはあるはずのないコピーというか、予備というか、とにかくあってはならないものらしくて。それがばらまかれているってことは、これはバレてしまったという可能性があるってことを当事者たちが思い知らされた訳で。

学校の中でも、理事長と教師の組合が対立しているとか、色々あるらしいです。こんなことをしていては駄目だという派と、しかし利潤追求のためにはやむなしという派と。

ああもう、そうです。でびる屋ですよ。その仕事だったんです。結局、うちの学校でもそういうのが必要だったんですよ。

……いや、違いますよ？

別にそんなんじゃないです。助けてもらったから、それで認める気になったとか、気が緩《ゆる》んだとか、そういうことじゃないんです。

でも、確かにこの辺になると、もう私にもなんとなくわかってきてました。

シャーマン・シンプルハートが、私にはそんなに興味がないと言っているのが、ほんとうなんだろうな、ってことが。

世の中には他にも色々なことがあって、私のことなんてその中じゃ大したことじゃないんだってことが、薄々に。

でもそれで素直になったとか、そういう風には思われたくないですね。そうじゃないんですから。確かにあんなことがあった直後なのに、私たちは変に呑気に、話とかしていたんですけど……。

＊

二人は学校の屋上にいて、救急車がやってきたりする大騒ぎを上から見おろしていた。

「……あの人たち、どうなるのかな」

「知りたいのか、詳しく?」

ハズレ君にそう訊かれて、紅葉ははっと気づいて、それから首を左右に振った。

「ううん、知りたくないわ、やっぱり。あんまりそういうことを、考えたくない……」

眼を伏せる。そこに質問が来る。

「ああいった連中というのは、なんで無駄に威張りたがるんだと思う?」

「虚勢張ってるんでしょ」

ため息をついて、

「……少なくとも、あんたには通用しなかったけど」

「虚勢なら、他の者たちだって平気なはずだが、しっかり威圧はされてたじゃないか」

「そりゃあ……だって、なんか危なそうじゃない」

「危ない、か」

ひょひょ、と人形の口が開閉する。

「危ないのは虚勢張りたがる連中だって同じだろう。連中は何でわざわざ危ない感じを装うんだ?」

「知らないわよ、そんなの」

「君が何にも知らないのは知っているよ。考えろ、って言ってるんだよ」

にたた、と人形の口が三日月形に変形する。その顔を見ていると、紅葉はだんだん混乱が収まってきて、腹が立ってきた。

「……考えなきゃいけないの？」

「いけないね」

「……危ない感じをアピールすれば、それだけで威張れるから、ほんとうに危ないことが起きるまでは、それで押し通せるから……」

「なるほどなるほど」

「やっぱり威張れるものなら、誰だって威張りたいとは思っているんでしょうし」

「どうなんだろうな、その辺は？」

「どの辺よ？」

「威張ることだけが目的なのか、それとも威張れば人が言いなりになるのが目的なのか。どっちだと思う？」

「そりゃあ、人が言うことを聞いてくれることの方が目的でしょうよ」

「威張るだけじゃ楽しくないのか？」

「何の意味があるのよ、それ？」

「人が言うことを聞くだけだったら、むしろ威張らない方が効果があるんじゃないのか？」

「そうかしら？」

「威張り散らしている先生と、生徒の気持ちをわかってくれて適切なことを言ってくれる先生と、君だったらどっちの言うことを聞く？」

「……そう言われると、威張らない方になるけど」

「威張っても大して意味がないのに、威張りたがる連中がかくも多いというのは、要するに威張りたいんだろう。内心でどんなに相手に馬鹿にされているとしても、とにかく威張るような姿勢こそが好ましいんだ。違うか？」

「そんなこと私に決められないわよ」

「威張って、他人を威圧して、怖がらせるのはそれ自体が楽しみだってことだ。そういう回路が人間の中にあるんじゃないのか」

「嫌なこと言うのね」

「嫌だと思うか？」

「そりゃあ、嫌よ」

「その嫌悪感は何から出ているんだ？」

「何って……」

紅葉は困惑して、少し口を尖らせた。

「なんなの、その質問は？　意味がよくわかんないんだけど」

「人間は何からできていると思うか、という質問だが？」

「何から、って――」

「おっと、タンパク質と水分とか揚げ足を取るなよ。もちろんこれは抽象的な意味で、だ。人間は何からできている？　夢と希望か？　愛と真実か？　それとも怒りと憎しみか？　女の子はみんなふわふわした甘いモノでできている妖精の類なのか？」

ひょひょひょひょ、と高笑いが響く。紅葉はますます不愉快な顔になる。その横顔を人形が指差して、

「ほらほらほら、それだよ。その嫌悪感だ。そいつは何から出てくる？　吾輩に対してある種の敵意を感じているんだろう？　その敵意は何に由来しているんだろうな？」

「あんたがなんか、威張っているみたいだからよ」

紅葉がそう言い返すと、人形はぴたり、と動きを止めて、

「人間が威張りたい気持ちからできているのだとしたら、他人が威張っているのを見るのを嫌う性質は、人間は人間が本質的に嫌いだということになるのかな」

と、少しだけ真面目な口調で言った。

「いや、それは——そんなことはないでしょ」

「どうして？」

「いや、そりゃ少しは威張りたいとは思ってるけど、でもそんな、他の人が嫌いなんて思ってないよ、みんな」

「それはどっちなんだろうな」

「どっち、って？」

「嫌われたくないから嫌いにならないでいるのか、嫌いになるのが不自然だから嫌わないのか」

「それは——」

「あるんじゃないのか、そういうのが。嫌われたくないから、嫌いじゃないということにしていることが。君にはないのか？」

「——私は」

言いかけて、紅葉は口ごもってしまう。

「子どもの頃は、何でもかんでも嫌いだということをすぐに明確にするよな。それは素直ってことじゃないのか」

「それを言うなら、子どものときは好きなことも素直に言うじゃないの。好きな気持ちだって重要なはずだわ」

「それで好きなものを他の子どもや姉やら弟やらと奪い合うのか」

「う……」

「素直ってのはそういうことだろう？　つまりは我慢しないってことだ。自分の感情を出すということは、苛立《いらだ》ちや怒りもまた正直に他人にぶつけることだ。好きな気持ちも同様。他人を傷つける」

「そ、そんなことはないわよ！」

紅葉はややムキになって強い声を出した。

「ちょっと嫌だな、って思っていた相手でも、同じ物が好きとか言われると、悪い人じゃないのかも、って思ったりするし」

「しかし〝あり得ないわあ〟とか思っている相手に〝あなたが好きです〟って言われても好意

が生まれるどころかますます嫌悪感を抱くだろう？」

「それは……だから……でも、あんたの言ってることは間違っているわ。どこがって言われると困るけど、でもそれって、絶対間違ってる。問題の立て方が違ってるわ。そういうことじゃないのよ」

紅葉は自分で自分の言葉にうんうんうなずきながら、人形をつい睨みつけてしまう。すると人形はまるでその彼女の視線を受けとめるかのようにその眼がまっすぐに紅葉のことを射抜く。

口が開いて、そして声が漏《も》れる。

「その問いかけは誰にも答えられないんだよ。その矛盾が何に由来しているのかは、な。とってもいいことだと思っていたことが、どうして悪いことになってしまうのか、ってな。君にはその答えがわかるのかな」

「誰にも、って――」

奇妙な言われ方に、紅葉はとまどった。

「そんなことはないんじゃないの。どっかのほら、名言か何かでうまいこと言われたりしているんじゃないの。偉人か誰かが言ってるんじゃないの」

「いやいや、みんな適当なこじつけに過ぎない。どこかに無理があり、無視があり、無茶が通ると思っている。だが万人が完全に納得する言葉など、未《いま》だ語られたことなどない」

人形は大仰《おおぎょう》に両腕を振り上げながら、芝居がかった調子で言う。

「だから君がもしも、その言葉を絞り出すことができれば、結構大したことにはなるんじゃやないのかな。まあ、吾輩にはあんまり意味がないことなんだが」

「大した、って——どのくらい？」

ろくに考えもない、ただの鸚鵡返《おうむがえ》しの反射的な問いかけに、人形使いの男は口を一ミリも動かさずに、平然と言う。

「そうだな、世界を救えるくらいじゃないのか」

「……はあ？」

「いやマジで。冗談抜きで。世界中にある不幸の九割はそれで救えるんじゃないのか」

「何の話よ？」

「知ってるかな。何が人を不幸にするのか」

唐突に訊かれる。紅葉は話に全然ついていけないが、それでもなんとか、

「それは——だから、病気とか、事故とか」

「そんなものはしょせん全体の一割に満たない。人間を不幸にするもの、それはほとんどの場合、他の人間だ」

「えー……」

「おいおい、それがわからないのは相当に鈍いと言わざるを得ないぜ。人間は精神的にも物理的にも、他人を傷つけることにかけては天才的なんだぞ」

「……その言い方はないんじゃない？」

「言い方はなくしても、事実はなくならないけどな。人間は他の人間を蹴落として、自分が優

位に立って、威張ることばかりを求めて生きている。そして世界の他のものは、たぶん運命さえも、それほど人間のことには関心がない。人間に興味があって、それに積極的に関わろうとしているのは、人間だけだ。人間の原因は、ほぼ人間からしか生まれない」

べらべらと、訳のわからないことを次々とまくし立てられて、紅葉はすっかり腐ってしまう。

「……うー」

「君には答えられるかな？」

「もう何が訊かれているのかも、わかんないんですけど」

「そうそう、それそれ。決まり切った過去に縛られず、わからないことをわからないと言う、その偏見のなさが期待されているんだよ。往々にして君みたいな少女は自分の感覚に合わないことは全部〝信じられない〟で拒絶できると思いこんでいるが、君たちが信じようと信じまいと、あるものはあるんだ。ひとりでになくなったりはしない」

「……そうね。少なくとも目の前の人形はなくなってくれそうもないわね」

憎まれ口を叩いてみた。すると人形はひょひょひょと笑い出して、

「それはどうかな。吾輩とかは実に軽いものだから、いつなくなってもおかしくはないけどな」

「あんた、前に私のことを〝実に軽い〟とか言って馬鹿にしてたじゃん」

「別に君よりも軽くないなんて言った覚えはないぜ？　軽いヤツは他のヤツのことを軽いって言ってはいけないということもあるまい」

そう言いながら、人形は軽快なポルカのステップを踏んでみせた。

THIRD SESSION

『ぼんやりと、流行りのことについて』

……あー、そうですね。あの話ですか。しなきゃいけないんでしょうね。

想い出したくないんですよ、あんまり。馬鹿みたいだったし、調子に乗ってたんだろとか思われるのも嫌だし。

いや、違いますよ？　別に奈美《なみ》お姉ちゃんとは仲悪くないし、ほんとに祝福してたんですよ？　でもあの結婚式には、やっぱりあんまり気乗りしていなかったんですよね……。

＊

葛羽紅葉の母には歳《とし》の離れた妹がいて、その彼女が結婚することになったのだが、その際に姉が口を出してきた。

「今、あなたが結婚するというのなら、式は華やかにしなけりゃ駄目だわ。お金なら出してあげるから、もっとプランを考え直して」

母親は以前の騒動のマイナスを挽回すべく、商売の方でイメージアップの機会を狙っていた。身内の豪華で話題性のある結婚式はそれに打ってつけだったのだ。

「えー……でも」

妹の方は明らかに困惑していたが、花婿の家の方にこだわりがなく、それでいいんじゃないの、という態度だったので、結局押し切られる形でその結婚式は母親のプロデュースで仕切られることになった。

「それで紅葉、あなたも当然スピーチするのよ」

「ええ？　それって単に〝おめでとう〟じゃ駄目なの？」

「当たり前でしょう。もっと感動的に、盛り上げるようなことを言わなきゃ駄目よ」

「でも、私ってほら、みんなにすごく変な風に思われちゃってるし」

「馬鹿ねえ、だからいいんじゃないの。あなたは強気キャラってことになってるから、それが涙を流して言うと、ギャップでみんながもらい泣きするのよ」

「泣くかどうかなんて、わかんないわよ」

「いやいや、あんたは結構泣き虫だから、奈美の花嫁姿を見ただけで結構うるうる来ちゃうわよ、きっと」

「そんな風に決めつけられても困るんだけど」

「なんだったらシナリオを渡すから、それを読んでちょうだい」

「そんなのってインチキじゃない！　お婿さんにも奈美お姉ちゃんにも失礼だわ」

「何言ってんのよ。メモを読むのと同じよ。皆やってるし別におかしくないわ。自分で書いてもいいわよ、もちろん」

「……うー」

「書いたものは前に見せてね。添削《てんさく》してあげるわよ。それなら変かもって心配しなくてすむでしょ」

「…………」

母親の言うことは何もかもズレているが、それをうまく説明できる気がしなかった。疲れてしまって、それ以上はもう反論しなかった。

(確かに、何も言わないって訳にはいかないんだけど、でもそんな、宣伝みたいなことに結婚式を使わなくても——)

気が進まなかったが、逆らうこともできずに、そのままずるずるとその日がやってきてしまった。

結婚式、というと学校でウケてしまって、招待してしてと皆からせがまれてしまい、しかも母親が「構わないからどんどん呼んであげなさい」と言うものだから、結局かなりの数のクラスメートや友人たちを招待することになってしまった。ため息をついていると、友人の群れの中から舞惟がやってきて、

「どうしたの？　なんか落ち込んでるみたいだけど」

と訊いてくれた。嬉《うれ》しかったが、でもまさか「気乗りがしない」と打ち明けるわけにもいかず、

「う、ううん。ちょっと緊張してるだけ。大丈夫よ」

と笑ってみせた。

「そう？　無理しない方がいいわよ」

「だから平気だって。ああ、ちょっと行かなきゃならないから、またね」

「うん――」

舞惟の心配そうな眼差しに居たたまれず、紅葉は早足で披露宴会場の通路に出た。

もちろん用事などあるわけもなく、といって親戚が集まっているところに行くのはもっと気まずいので、しかたなく紅葉は洗面所に向かった。

鏡を前にして、ふうう、とため息をつく。

「なんだかなあ――」

と、ついぼやいてしまった。すると、

「おいおい、マリッジブルーってヤツかあ？　でも結婚すんのは君じゃねーだろ？　感情移入がすぎるってもんだぜ」

と、またしてもあの声がすぐ側で響いてきた。

「――！」

びっくりして顔を上げると、鏡に人形の姿が映っている。彼女の前の洗面台に腰掛けて、手を上げている――しかし、

（……あれ？）

その洗面台には、人形など影も形もない。鏡を見る。人形がかくかくと首を動かしている。洗面台を見る。やっぱりどう見ても、何もない。

「な、なにこれ……？」

思わず後ずさる。すると人形の姿が立ち上がって、

「鏡の中からこんにちは、ってところだな。どうだい、格好いいだろう」

「な、なんで鏡に映ってるのに、どこにもいないのよ――」

今までも相当に気味が悪かったが、こんなのは完全にオカルト現象としか思えない。

「まさか、本当に鏡の中の世界にいるの……？」

彼女が怯《おび》えた声でそう呻くと、人形の鏡像はけたけたと笑って、

「おいおい、頭がおかしくなったのか？　鏡の中の世界なんてあるわけねーだろーが。ファンタジーやメルヘンじゃないんだぜ？」

「だ、だって、現に――」

「冷静に考えてみろよ。鏡ってのは光の反射、ただそれだけだ。反射してるってことは、つまりどっかから映写してるってことだろ？」

「え？」

言われて、きょろきょろと周囲を見回す。しかしどこにもそんな映写機らしきものは見つからない。でも人形の方は淡々と、

「それで鏡の方には、より映りやすくなる特殊で透明な極薄シールでも貼っておけば完璧《かんぺき》だ。どうだい？」

「ど、どうだいって言われても――」

見回すが、やっぱりどこから声が出ているのかもわからない。というより、鏡の中から聞こえてくるとしか感じない。

「……て、ていうか、ここ女子トイレよ。何でこんなところに入りこんでんのよ？　変態じゃないの？」

「はははあ、そういうことを気にするか」

「そ、そりゃ気にするに決まってるでしょ」

「別に用を足しているようには見えないがな」

「そ、そんなところを見てたら、それこそ本物の変態じゃないの」

「こういうときに、本当は見られたいんだろとかいうとセクハラになるんだろ？」

「……もう、とっくになってると思うんだけど」

「まあ君が気になって話どころじゃないっつーなら、外に出ようじゃないか」

と言うと、鏡の中の人形は立ち上がって、歩き出す。そして洗面所の外へとトコトコ歩み去っていく——その様子が鏡の中に映っているが、外の世界では影も形もない。

しーん、と静まり返る。耐えられなくなり、紅葉も外に出る。

すると通路の飾りにメッキの部分があり、そこに人形の姿が映っていた。

「おーい、こっちこっち」

手招きしている。後ろを向くが、映写機などまるで見あたらない。声の音源たるスピーカーも不明だ。

「どこに隠してるんだ、とか思ってる？」

「——思ってるわよ。でもどうせ教えてくれないんでしょ？」

「でも可能性としては、この建物が建てられたときには仕込まれてなきゃ無理だな、とか考えている？」

「……もうどうでもいいわよ。考えたって無駄なんでしょ」

「まあ、そんなことに悩んでもらっていちゃ困るから、そいつは正しい判断だな」

言いながら鏡像は、さらに歩いていく。紅葉は仕方なくついていく。大きな建物なので、どんどん人気《ひとけ》のない、狭いところに向かっているようだ。

やがて従業員専用の通路に入ってしまい、そしてその奥にある一室へと入っていく。紅葉はいっそ他の者に見つかって、つまみ出されないかなあという淡い期待を抱いていたものの、誰とも行き逢わず、やってきた部屋はどうやら衣装室のようだった。レンタル用のウエディングドレスやタキシード、打掛《うちかけ》や羽織袴などがずらずら吊るされている。そしてその間に、何枚もの等身大の大きな鏡が並んでいた。

「こういうのって、どうなんだろうな？」

鏡に映っている人形の大きさも、ほぼ等身大で、そのまま向こう側に自分も歩いていけそうな錯覚を感じる。

「こういうのって、何よ？」

「一生に一度の誓いの儀式とかいうところで、借り物の衣装に身を包もうって発想は、どうなんだろうな」

「別に、悪いことじゃないでしょ。綺麗な格好をしたいっていうのは自然な発想でしょ」

「借り物で？」

「いや、だって。二度は着ないんだし。まあ、お金持ちだと買ったり、作ったりするんでしょうけど——」

「借りればいいものを、わざわざ買う方がどうかしてるのかな？」

「それも別に悪くないと思うけど——ていうか、何を問題にしてるのよ？」

「そもそも、なんで飾り立てる？」

「そりゃあ——」

「元が大したことないから、飾り立てたってどうにもなんねーのによ。なんでそんな無駄な努力をするんだ」

「……いや、あのね」

「借りようが買おうが、買った後で売り飛ばそうとしても買い手がつかなくてムカッ腹を立てるのもまあ、それぞれの自由ってもんなのかい？」

「売ったりする人なんて——」

と言いかけて、しかし紅葉は途中で口ごもってしまった。いない、と言い切ることができなかった。

「——まあ、人にはそれぞれ事情があるし」

「事情は、そりゃあるだろうよ。ここで言ってるのは、そーゆー事情があるのに、なんで最初から無駄な衣装を着ようとするかってことなんだがな」

「無駄って言わないでよ。せめて特別な式のときだけは、特別な格好をしたいっていうのは当然のことでしょ」

「何が特別なんだ?」

「だから、ほら、えと、愛を誓い合う? つーのか……」

言いながら気恥ずかしくなってきた。すると人形は鏡の中でがくん、と首を下に落としてみせた。

「誓うのに特別な格好をするってことは、つまりいつもの日常の格好のときでは誓いに従わなくてもいいってことか?」

「何言ってんのよ。そうじゃないわよ」

「じゃあ、なんなんだ?」

「いや、だから……せめて、かな」

「いつもの日常は地味でつまんないから、せめて特別な儀式の時は飾り立てたい、ってことか?」

「そうそう、そんなとこじゃない」

「じゃあなんで、日常の方を面白くしないんだ。アホみたいに無駄に飾り立てる余裕があるなら、その分を日常に回せばいいんじゃないのか」

「そういうことでもなくって——ああもう!」

「なんで君が腹を立ててるんだよ？　君が結婚するんじゃないだろ？」

「あんたがあまりにも、わからず屋だからよ。フツーわかるでしょ、こんぐらい」

「いやいや、なにしろ吾輩はとっても無知なもので。そうだなあ、せいぜい知っているのは、結婚式というものはとても歴史が古くて、ほとんどの文明で、原始的な村社会の段階で出現しているってことぐらいだな」

「え？　そうなの？」

「もちろん、その発端は原始人の男が女を殴りつけて、自分のねぐらに運び込むところから始まっているわけだが」

「……なにが、もちろん、なのかさっぱりわかんないんだけど」

「普段の日常と違う特別な行動をするという点では違わないだろう？　まあ諸説あって、具体的に例示できないんだが。だが知ってるか？　他の動物はつがいになったのを同種のものに見せびらかすということはまずしないってことを。結婚まではどんな生物でもやってるのに、式をするのは人間だけなんだ」

「いや、そう言われても、当然のよーな気しかしないけど。だって知恵があるのは人間だけだし」

「でも、プロポーズはほとんどの動物がしてるんだぜ？」

「へ？　……あー、そうか。鳥の求愛ダンスとか、テレビで観たことあるわ。そう言えば、プロポーズはしてるのね」

「殴りつけるよりもずっとスマートだろ？」

「昔は全部そうだって、別に決まってる訳じゃないんでしょ」

「しかし人間には他の生物のような、わかりやすい求愛行動がないのは確かだ。不鮮明で、回りくどくて、かなりの場合でトラブルに直結する」

「トラブルって——」

「恋愛沙汰《れんあいざた》はトラブルの元だろ？」

「否定はしないけど、でも結婚まで来たら、もうあれこれ揉める段階じゃないんじゃない？」

「ほほう、すると君も今、自分が置かれている立場と役割になんの不満も問題もないと自信を持って言えるわけだな。立派なスピーチをして招待客の涙腺《るいせん》を絞り上げることにためらいはない、と」

「……あんたってホントにイヤミよね」

「人間が式だのなんだの言い出すときは、ほとんどの場合で何かを誤魔化していることが多いんだ。この場合も例外じゃない。君の母親の対外イメージの歪《ひず》みを誤魔化そうとしている」

「……ママが強引なのは確かだけど、でも結婚するのは奈美お姉ちゃんなんだから、それはなんの誤魔化しもないことだわ」

「おいおい、別に君は吾輩を説得する必要はないんだ。君が納得していることをムキになって言うことはない。自分自身に言い聞かせたいことをいちいち口にしなくてもいいんだ」

「…………」

「葬式は死への恐怖への誤魔化し、入学式は強制洗脳プログラムに放り込むことの誤魔化し、卒業式は後はどうなろうがかまわないという責任放棄の誤魔化し、入社式、退社式はあったりなかったりだが、まあ似たようなもんだ。とにかく裏には不安と傲慢《ごうまん》とが貼り付いているもんだ。ところで結婚式はあっても、離婚式ってのはないのか？」

「……あるわけないでしょ」

「どうなんだろうな、やってるヤツはいるんじゃないのか？　ほれ、ハリウッド俳優とかが仲間を集めて、離婚記念パーティだあ、とか言ってんじゃないのか。そういうイメージってないか？」

「知らないわよ、そんなの」

そう言いながらも、紅葉は（やってそうだなあ……）と思ってしまっていた。するとその顔色を読んだか、鏡の中のハズレ君人形は身体をかたかた揺らして、大きく笑うような動作をした。

「原始人の男が女を殴っていたのは何故だと思う？」

「まだその話するの？」

「要するに、その女を手元に置きたいからだな。まだそんな概念がなかった頃から、人間は所有欲を持っていたんだな」

「所有って、そんな持ち物みたいに」

「持ち物だよ、間違いなく」

「……嫌な言い方ね」

「しかし、そもそも結婚式をやるということは、その所有権の表明に他ならないんだぜ」

「他のヤツは手を出すな、ってこと？」

「男女どちらも、という見方もできるな、この場合は。他の者の安定のために、そいつらはこれから除外します、って感じで」

「除外って――」

「生物にとっては交配する相手を見つけて子孫を残すことは最大の目的なんだぞ。その相手探しは何よりも優先されることで、紛らわしい選択肢が混じっていたら面倒だろうが。まあ、人間はそれでも平気で選択肢を増やしてるけどな。浮気だ不倫だ気の迷いだなんとなく勢いでって実に旺盛《おうせい》なことで。当初の目的はかなり見失われているな」

「人間、人間って、あんたも人間でしょうが」

「いやいや、吾輩はホラ可愛らしいマスコットだから」

「はいはい」

「で、この式を挙げようがどうしようがいっこうに安定しないことと、原始人の男が女を殴っていたこととの間には共通点があると思わないか？」

「何言ってんのか、さっぱり意味わかんないんだけど」

「考えたくないからって投げやりになるなよ。なんで殴らなきゃならない？」

「馬鹿だからでしょ」

「というよりも、有効な手段がないからだ。これだ、という決め手がない。異性を納得させる決定的な方法がない。だから力ずくで手に入れるしかなかったんだな。今でも大差ないだろ？」

「どういうことよ？」

「魅力は人それぞれ、とかいうが、それはつまり選別するための基準が曖昧だってことだ。好き嫌いに理由がない、なんて言ってるのは人間だけってことだよ。それがどれだけ異常なことか、わかっていないだけだ」

「確かに全然わかんないわね、あんたの言ってることが」

「そもそも動物の好き嫌いっていうのはなんだと思う？」

「それはペットの犬が、飼い主が好きとかそういうこと？」

「それでも良いし、交尾の相手の選《え》り好みでもいい」

「……完璧にセクハラっぽいんだけど」

「餌《えさ》をやっても喰わないものがある、というのもあるな」

「うーん、だから嫌いなんだろうけど……味とか匂いとかが嫌、っていうだけじゃないの？」

「つまり、それは口に入れたくない、もしくは口に入れる物とは考えられない、ということだな。なんでそう思うんだろうな」

「毒だと思ってるんじゃないの」

「なるほど、つまりその場合、嫌いっていうのは後で吐いたり下痢したり、下手《へた》したら死んだりしないための予防策、ということになるな」

「そうでしょうね。当然でしょ」

「嫌い、というのはつまり、危険から遠ざかりたいという選択、そういうことでいいのか」

「大体いいんじゃない」

「飼い主が大好きで、たまにやってくる宅配便の配達人が嫌いなのは、主人は可愛がってくれるが配達人は愛想が悪くて何されるかわかんないから、ということでいいのか」

「だから、何を問題にしてるのよ？」

「好き嫌いの基準が明確だ、っていう話をしているんだよ。こういうことは、人間にも当てはまるのか？」

「そりゃあ、まあ」

「その割にはよくあるよな、あの人はお金もあるし優しいし顔だってそんなに悪くないけど、でもなんか生理的に嫌なんだけど、とか言って男を振る女が」

「それは……」

「なんで嫌いなんだろうな」

「そんなのには、だからその、理由はなくて」

「危険はないし、安全だし、他にもっといい男がいるかも知れないと言いつつ、そんなヤツはいないし、でもやっぱりその男は嫌い、ということになると、その生理的ってヤツは、ほんとうに生理的なのかな。あんまり〝生き物〟っぽくないぜ。野生動物だったら考えられないんじゃないのか」

「何が言いたいのよ？」

「理由がない、というのは本当なのかなって思ってな。そいつはただ、その理由を大っぴらにするとまずいことでもあって、無意識か意識的にか、とにかく他のヤツには知られたくないだけなんじゃないのか」

「う、ううん――だったら、なんだって言うのよ」

「そこに鍵があるような気がするんだよな。本能だ生理的なもんだと言いつつも、そうじゃなさそうなものの中に、人間の問題が」

「でもさ、やっぱり本能なんじゃないかな。私にはよくわかんないけど、なんか〝この人の子どもは生みたくない〟とか言うみたいだし」

「その割には、どうでもいいような男とくっついて、あげくに育児放棄したりしてるよな」

「……だから私にそれを言われても難しいんだって」

「人間の好き嫌いは、どこか歪《ゆが》んでいる。そうは思わないか。だとしたら、なんで歪んでいる？」

「そんな風に言われても、そうなんじゃない、としか言い様がないわよ。それこそ曖昧なんでしょ？」

＊

いつも変な話しかしなかったんですけど、あのときは特にわからなかったんですよね。何をこだわっているのか、私に何を言わせたかったのか、ただ意地悪言ってるだけだったのか——。

え？

あいつ自身はどうだったか、って？　それ、どういう意味ですか？

あいつが結婚してたか？　そういうことですか。さあ。わかんないです。

いや適当じゃなくて。奥さんがいるのかとか、そんなこと一瞬も思ったことなかったですから。

だって考えてみてくださいよ、あのとき私たちが話してたのは、もっぱら人間がどうのとか、神さまと悪魔がどうしたってそんな話ですよ？　個人のことなんてどうでもいい感じで、しかも私の前にいたのは、結局のところあのハズレ君だったんですから。

＊

「人の好き嫌いってのは確かに曖昧だけど、でもそれがどうだっていうのよ。なにか深刻な問題でもあるの？」

「ところが曖昧であることが、世界のあらゆる問題の根元にある大問題なんだ」

「また大袈裟《おおげさ》な……」

「しかも人間は、自分ではその好き嫌いを決められない生き物でもある。これまた問題だ」

「何言ってんのよ。好き嫌いぐらい自分で決められるわよ」

「ところがそうじゃない。そんな風に思いこんでいるが、実のところ自分で自分の好みを決められるヤツなどこの世に存在しない。皆、他のヤツから押しつけられたものを好みだと思いこんでいるだけだ」

「やけに断定するわね。そうは思えないけど」

「ニワトリが先か、タマゴが先か？」

「……は？」

「つまり物事の始まりは原因が先か、結果が先かって話で、実のところこの答えは簡単なんだ。ニワトリが先に決まっている」

「なんで言い切るのよ？」

「生命発生の過程を考えてみればいいんだよ。最初はアメーバみたいな単細胞生物から出発した、ってことぐらいは知ってるだろ」

「だからなんなのよ？」

「その生命を生んだのは誰か、みたいな話題もあるっちゃあるんだろうが、この場合はタマゴだけが問題になってるから、分裂して殖《ふ》える単細胞生物はタマゴを生まない、つまりそっちが後、ということになる。アメーバが進化しまくって、その途中で子孫を育てる方法としてタマゴを生み出した訳だからな」

「……つまり、こう言いたいの？　好き嫌いっていっても、もう世の中に存在していたものだから、それを後から好きだ嫌いだって言っても、自分で生み出した訳じゃないだろうって」

「ほほほう、いいね、いいよいいよ。それそれ。そういう風に自主的に考えてくれればいいんだよ」

「で、つまりあれってこと？　なんかよくいるパンクっぽいバンドが『押しつけられたものなんて認めねえ』とかなんとか言ってるみたいに、好きだとか思ってるものも他の人にそう仕向けられているだけで、偉い大人の言いなりになるようにさせられているだけ、みたいな話をしたいのかしら？」

「ま、おおむね間違っちゃいないが、完全じゃないな。だってそういうバンドとやらも、しょせんは『そういうものがウケる』と思っているから、やってるだけだろ」

「まあねえ、否定はできないわね」

「しかも他の人気者の物真似ばかりだ。まさしく、偉い大人の言いなりになってる訳だ。お手本通りに不良っぽい演出を忠実に実行、って感じなんだろ？」

「色々とお手本はたくさんあって、選べるようにはなってるみたいだけどね。でも流行に流されがちなのは間違いないわね」

「流行、か」

ハズレ君は両腕を組むような仕草をした。

「その言い方はなんだか軽いな。どうにでもなること、みたいな感じだ」

「まあ、流行ってのはそういうものだし」

「いやいや、そいつは甘いな。どうも人間はそういう風にして、真の問題点を曖昧にしたがる傾向があって困るよな」

「何が困るのよ？」

「たとえば、これまでの歴史上で最も流行したものっていうのは、なんだと思う」

「え？　そんな風に言われてもね……ビートルズ、とか？　それともモーツァルトかな。あ、サッカーってスポーツじゃ世界で一番盛んなんだっけ？」

紅葉がなけなしの知識で例を挙げると、ハズレ君は、ふうう、と大袈裟にため息をつくような動きをする。

「そんなしょぼいもんじゃない。もっとわかりやすく、誰でも知ってるもんだ」

「なによ、私も知ってるの？」

「絶対に知っている」

「そんなこと言われてもね――」

と紅葉がぼやくように口を尖らせたところで、ぽつりとその言葉が発せられた。

「神さま、だ」

それは実にさらりとした言い方だったので、紅葉は一瞬、聞き違えたかと思った。

「かみ、って――ペーパーの紙？」

「いいや、ゴッドの神だ」

ハズレ君の口はかくかくと動いているだけなので、それがどこまで本気なのかはまったくわからない。

「……ええと」

「違うか？　世界中の人間が知っている上に、それに影響されて生活している。これが〝流行《はや》って〞いなかったら何が流行っているんだ」

「いや、それはちょっと、違うんじゃない？」

「それはどういう意味で、違うんだ？」

「だから流行ってのは、すぐに飽きられて消えちゃうようなもので、神さまとかを一緒にするのは、ちょっと」

「それだけ強烈に流行り続けているってことだろ？」

「だからそんな、バチ当たりな言い方は」

「君は神仏《しんぶつ》を信じているのか、いないのか——ま、あんまり信心深そうじゃないが、いちおう死んだら入る墓は決まっている程度だと思うが、それでも、そんな君でもこの概念には縛られていて、それを無視できないってことが、こいつの影響力の大きさを表している。しかも、その根拠は人の心の中にしかないってことも、いわゆる流行り廃《すた》りというやつとまったく同じだ」

ハズレ君は淡々とした口調で言う。

「過ぎ去ってしまえば、なんであんなものをすごいと思っていたんだろう、ということになるのも同じだ」

「べ、別に神さまは過ぎ去ってなんか——」

と言いかけて、紅葉はちょっと言い淀んだ。次にハズレ君が何を言い出すのか、もう彼女にもわかったからだ。

「しかしお婆《ばあ》さんとかお爺《じい》さんとか、田舎《いなか》の親戚の老人とかと比べれば、君は遥《はる》かに神さまの影響力が少ないんじゃないかね。君だけじゃない。中世に生まれた者と、今の人間とでもかなり習慣が異なるんじゃないのか。そう――ちょっと流行らなくなってきていると言えるんじゃないのかね」

「そ、それは――だから」

「問題なのはその人間たちの方で、神は一定だ、と深く信じている者は言うだろう。それが正しいかどうかは別にして、君たちにはあんまり関係のない話だ。神が流行らなくなってきているのは変わらない。とはいえ、それでもしっかりと染み込んでいるのには変わらないが――そうだな『国家』とか『人権』とかと比べても、まだまだ負けていないんじゃないか」

「こ、国家？　人権？」

「そうだよ。もちろんあれらも流行に決まってるじゃないか。変わらない普遍的真理だというなら、どうして土地が変われば別の種類があるんだい？」

「は、話がちょっと、規模がでかすぎて、私にはもうついていけないんだけど」

紅葉が思わず弱音を漏らしてしまうと、ハズレ君は「ひょひょひょ」と笑い声を出して、

「でかいって言ったって、どうせ同じ人間がやってることじゃないか。なんでそんなに及び腰なんだ」

「いや、いやいやいや」

紅葉は両手を振る。

「正直、少し怖いから。神さまのことを悪く言ったり、人権なんて廃れるとか言うのは」

「ほほう、怖いか。それはつまり、流行に逆らうと自分がダサいヤツだと思われるという感情と、どう違うんだ？」

そう言われて、紅葉は、

「全然違うわよ――いや、まあ、確かに……ちょっと似てるかも知れないけど……」

と、途中で言葉が乱れる。するとハズレ君は両腕をくねくね動かしながら、

「過去に廃れてしまった神や国がないとでも思うのか？　学校で歴史は習わなかったのかい？ああ、そうか、もう基本的人権の教育を受ける権利の価値などは地に堕《お》ちて、すっかり流行らなくなっているから学生たちは歴史なんてダセえって思ってて、馬鹿にしきってるもんなあ。『あたしィ、世界史ってェ苦手でェ』って言えば通ると、最高学府を出た女子アナウンサーまでテレビで広言してるぐらいだしなあ」

と途中で物真似を挟みながら、歌うように言った。

そのふざけた様子を見ながら、紅葉はげんなりして、

「あんたって怖いものがないの？」

と訊いてみる。すると人形は「ふむむ」と首をかしげるような仕草をして、

「それは見解の相違ってヤツかも知れないぞ」

「なにがよ？」

「吾輩と君と、どっちが怖がりでビビリ野郎かってことだよ」

「認めたくないけど、それは私の方がビビリなんじゃないかな」

「ほほう、謙虚だな。それとも女の子はお化け屋敷できゃあきゃあ悲鳴を上げてる方が可愛いっつーアピールかな」

「あんた相手にそんなことをしても意味ないでしょ。それに、私ってそういうフリをする娘があんまし好きじゃないし」

「ひょひょひょ。つまり本当に怖い目に遭っちまったときには『うぎゃあ』とか言っちゃって顰蹙《ひんしゅく》買うタイプだな」

「うるさいわね」

「しかしだな、君がそういう風に怖がれるのは、怖くないものがあるから、そこに逃げ込めば安全だと思っていられるから、安心して怖がれるんだぜ」

人形の言葉は妙に回りくどくて、紅葉は意味がわからなくなった。

「……？　なんですって？　安心して、って言ったの？」

「安心して怖がれる、だ——怖がっても大丈夫だと、心の奥底では確信している。だから平気で悲鳴を上げて、自分は怖がっていますって周囲にアピールできるんだ。演技か本気かなんて大した問題じゃない。怖がってるとバレてもいいって思える時点で、安心しきっているということだ。本当に怖い相手には、自分はビビってますと知られるのは非常にまずい。危険だ。簡単にやられてしまう。そもそも怖がって大声を上げるというのは、群れの中で生活している者が、他の者に助けを求めるということだから、助けが期待できないときには意味がない。相手が大声でびっくりしてくれればいいな、という程度の気休めにしかならない。だから本当の、心底からのビビリ野郎ってのは、決してそのことを認めないもんだ。強がってるだけのチンピラと同じだよ」

長々と説明しているが、それを要約すると、

「——つまり、あんたは怖がりだ、ってこと？」

そういうことにしかならない。これに人形は肩をすくめるような動作をして、

「さて」

と、とぼけてみせた。紅葉は少し混乱して、

「でも、待ってよ——あんたが怖がっていることがバレちゃまずい相手ってのは、具体的になによ？　だってあんたは——」

「神も国家も笑うのに、か？」

「そうよ、神さまの相手って言ったら何？　悪魔とか？」

「でびる屋なだけに、か？」

「そういう意味なの？　ほんとうに？　あんたって悪魔なの？　いや、つーか、悪魔を信じてる人っていうか、エクソシスト？」

「おいおい、エクソシストは悪魔祓《ばら》いの方だぞ。もっぱら神父とかだ。それを言うならオーメンのダミアンとかだろう？」

「どうでもいいわよ、そんなの。それとも国家の敵で、テロリスト？」

「ずいぶんと乱暴な括《くく》りだなあ。怪しいヤツはみんな悪魔でテロリスト、か？」

「よくわかんないけど、私にはあんたが怖がりなんて信じられないから、そういうことになっちゃうのよ」

「でも神さまだって、信じてるかどうか自信はないんだろ？」

「そりゃ、微妙だけど。でもなんとなく、いいことがあったりするとつい、神さまありがとう、って言ったりしてるわ。そのときは信じてるみたいな気がしてるんじゃないかな。いや、具体的にどの宗教のどんな神さま、とか言われると困るけど、もっとこう、漠然とした風の」

「人間を超越して、幸せ不幸せを天上から監視している存在がいるような気がする、か？」

「そうかもね、よくわかんないけど」

「そいつは心理学的には、君の親だ」

「へ？」

「古代から人間が、ほとんど全員が神さまってものを妄想したのは、赤ん坊の自分を育ててくれた親がいるからだ。自分を生んでくれた親は、自分の知らない自分を知っていて、しかもいつも見張っているみたいな感じがする。物心ついて、それが親だという人間だってことを知るのはだいぶ後になってからで、それまではただ、ぼんやりと、自分は大きなものに守られてるっぽいと感じているだけだ。その感覚は知能を発達させてからも消えない。だから〝なんかいるんじゃないか〟って思う。超自我だのなんだのって学術的に色々と名前を付けてめんどくさいことにしているが、結局はそういうことだ。錯覚が延々と続いているだけだ」

「あんたは信じていないって訳ね」

「吾輩が信じているとかいないとかはどうでも良いことで、神が実在するかどうかも二の次で、問題は人間の中にしかない。自分が錯覚していて、その混乱を他に押しつけているだけだってことに気づいていないことが問題なんだよ」

ハズレ君は鏡の中を行ったり来たりしながら、滔々《とうとう》と、まるで芝居の科白を言うかのように淀みなく話す。

「ちなみに、悪魔っていうのはなんだと思う?」

「それにもなんか、独自の解釈があるって訳?」

「独自でもなんでもない、ただの事実だけどな。どうだい、わかるかな」

「だから、悪いヤツでしょ。悪の一番っていうか、象徴? みたいな」

「ほうほうほう、悪魔は悪いか」

「そりゃあ、名前からしてそうじゃない」

「ちなみに君は、悪いことっていうのはなんだと思っている?」

「またそんな、漠然とした——でも悪いことは悪いことでしょ。子どもだってわかるわ」

「子どもでもわかるようなことをする悪いヤツってのは、どうして悪いんだろうな」

「知らないし、知りたくもないわ」

「たとえば君だって、ちょっとした悪戯《いたずら》程度のことはしているだろう?」

「そりゃあ、しないとは言わないけど」

「そのときには、神さまに悪いことをしているな、って感じるのか？」

「いや、いちいちそんな風に思うはずないでしょ」

「でも悪いことには変わりない——少なくとも、ちょっと悪いことだからこそ、楽しい、みたいな気分はある」

「まあ、そうでしょうね。気持ちのスパイスっていうか、遊び心っていうか」

「それが悪魔だ」

「……はあ？」

「悪魔とは、神さま以外、ということだ。それ自体に存在価値はない。善いとか悪いとかは、実のところあまり関係がないんだ」

「……？　よくわかんないんだけど」

「つまり悪魔には、自分というものがない。神さまがいて、はじめてその存在理由がある。神さまが管理できないところ、力が足りないところ、そういうところにしかいられない」

「ええと——」

「神さまが先で、悪魔はその後だ。人間が神さまというものを見つけて、それに理屈とか説明とかをつけた後で、これじゃ足りないって気持ちが生まれた、それが悪魔だ」

「その言い方だと、なんかあんまり悪いって感じしないけど。怖くもないし。むしろ——」

言いかけて、紅葉は少し言い淀んだ。そこにハズレ君がすかさず、

「むしろ神さまの方が怖いかも、かな。いつでも見張っているみたいで」

「――まあ、そうね」

「そりゃそうだ。そもそも悪魔っていうのはそのためにいるんだから」

「ていうと？」

「怖いってのは、それに力を感じるからで、つまりは権威があって偉いってことだ。神さまは、悪魔がいることで偉いものになれるんだな」

「ああ――なるほど、引き立て役ってこと？」

「だから、こういう言い方もできる――神は本気で悪魔を滅ぼす気がない。悪魔がいなくなってしまえば、神の価値を上げてくれる存在がなくなるからだ、とな」

「うーん」

あまりにも高尚な話になってしまい、紅葉はとてもついていけないが、そんな彼女におかまいなしで、ハズレ君は鏡の中を右に左に、並んでいる鏡台から鏡台へと移動しながら、さらに喋り続ける。

「もしかしたら、ほんとうにそういう連中はいるのかも知れない。神とか悪魔とかいうしかない超越した存在が。しかし人間が知っているのは、人間が勝手に解釈した神や悪魔しかいない。その神が悪魔を滅ぼす気がないということはつまり、人間のある面を反映しているってことである。そう――」

ぴたり、と停まって、くるりと振り向いて、そして紅葉のことを指差す。

「神を考えながらも悪魔を思う——そういう傾向が、ありとあらゆる状況で顕《あらわ》れる。すべてのことに、神と悪魔が貼り付いているのが、人間の生活——そう、たとえば君の言う、愛を誓い合う神聖なる儀式の中にも、いつ善からぬことが紛れ込むか知れたものじゃないんだよ」

そのとき、紅葉の背後からドアが開く音が響いてきた。

わっ、と紅葉は音に驚いて、焦って、そして——特に意味もないのに、物陰に身を潜《ひそ》める。

(な、なんで隠れるのよ、私？)

さっきはいっそ、誰かに見つからないかとか考えていたのに、どうして——と思いつつも、何故か出ていくことができない。

しかし、この衣装室に入ってきた男は、なんだか様子がおかしかった。

ひょろひょろと背が高く、やたらに痩せていて頬がこけていた。髪の毛はぼさぼさで、とても結婚式場の職員や招待客には見えない。

「うー、ううう ー……！」

口をもごもご動かして、なにやら呻いている。

「……てる。待ってる、待ってるんだ……らなきゃ、やらなきゃ、やらなきゃ……」

明らかに譫言《うわごと》としか思えない調子で、ぶつぶつ呟《つぶや》いている。

(な、なによあいつ……？)

紅葉は、ちら、と鏡の方を見た。しかしさっきまであんなにやかましかったハズレ君の姿はもう映っていなかった。気配すらない。

(な、なんでこんなときに、いなくなっちゃうのよ?)

紅葉が苛立っている間にも、男は手にしていたバッグを開いて、中から取り出したのは——刃渡り二十センチはあろうかという業務用包丁だった。

どう見ても凶器——その鋭い切っ先を見て、紅葉の背筋に冷たいものが走った。

(……ま、まずいわ。まずいわよ、これ——)

男は汚れたジャージを脱ぎだした。そして吊ってある貸衣装のモーニングに手を伸ばして、身につけ始める。乱暴なので、ボタンを掛け違えたりしてぐしゃぐしゃであるが、本人はいっこうに気にならないようだった。正常な判断力を欠いているのは明らかだった。

「そうだ、ホフマンだ。俺はホフマンだ。これはやらなきゃならないことなんだ……」

訳のわからないことを延々と言い続けている。ホフマンというのがなんなのか、紅葉にはわからなかったが、どう考えてもろくでもないことを正当化するための口実なのだろうと思えた。

「待ってろ、美咲《みさき》、待ってるんだよ……今すぐ、今すぐに助けてあげるからな……」

蝶《ちょう》ネクタイをつけようとして、付け方がわからないので、左手で胸のポケットにねじ込んだりしている。右手はずっと包丁を離さない。

(美咲、って……確か隣の会場で式を挙げる人じゃあ)

ここに来たときに、入り口にその名前も書かれていた。この人たちはいいなあ、ウチみたいな余計な心配はないんだろうなあ、とか思ったので、妙に見つめてしまっていたから憶えていたのだ。

(で、でも——こいつは……？)

ホフマンホフマンと呟き続ける男は、サンダル履きだったのでそれを脱いで、そして代わりの靴を探しているみたいだった。紅葉の隠れている方に近づいてくる。

(………！)

口を両手で塞いで、悲鳴を上げそうになるのをこらえる。見つかったら何をされるか、いや、確実に刺されるのはわかっていた。

安心しているから悲鳴を上げられるんだ、というさっきの言葉が頭の中で反響していた。今は安心などどこにもない。声を上げるなど、とんでもない——。

がたがた、と男はあちこち探っていたが、ここには靴はないことがわかって、ちっ、と舌打ちして、裸足《はだし》のまま部屋から出ていった。

「あ、ああ——」

立とうとする。腰が抜けている。この反応はもしかして、物音を立てないようにして捕食者に見つからないようにするための本能の反応なのか、とか思う。

(ば、馬鹿じゃないの——今はそれどころじゃ——)

誰かに報《しら》せなきゃ、電話しようか、警察に、ここの従業員でも、ああでも、あいつが向かった先はもう目と鼻の先、そんなことをしている余裕があるのか——

「……ううう！」

歯を食いしばっていた。力を振り絞って、腰を引っこ抜くようにして踏ん張って、立ち上がる。

手近にあった物を掴んで、そして走り出した。

通路に飛び出る——もうホフマン男の姿はない。

紅葉は走った。なにか叫んでいたかも知れないが、自分ではわからない。とにかく、問題のその場所に向かって疾走した。母親に履かされていた靴は三歩目でヒールが折れてどこかに飛んでいったから、爪先《つまさき》で走った。

音楽が聞こえてくる。式がもう進行していて、笑い声や拍手なども響いてくる。

それがふいに途切《とぎ》れて、そして悲鳴が響いた。

紅葉がそのホールに走り込んだときには、もうホフマン男は会場で刃物を振り回しているところだった。

「美咲、迎えに来たぞ！　一緒に逃げよう！」

自分勝手なことを喚《わめ》きながら、花嫁の方に接近していく。出入り口から一番奥にいたので、彼女たちは逃げられない。

「な、なんだおまえは！」

花婿が出てきたが、包丁が一閃《いっせん》し、彼は顔面を斬られて視界を奪われた。その様子に周囲の者たちは怯んでしまって近寄れない。

そこに紅葉は飛び込んでいった。

うぐあぁぁあ、と叫びながら突進した。

「なんだおまえ！　邪魔するな！」

ホフマン男は振り返って、紅葉も包丁の餌食《えじき》にしようと凶器を突き出してきた——だがその前に、とても奇妙な顔が現れた。それは青ざめていて、奇妙に歪んでいて、口元は弛《ゆる》んでいる癖に隅が引きつっているという変な形をしていて、瞼が右側だけぴくぴく痙攣している、その顔は——とにかく異様で、その違和感は男を一瞬の混乱に陥《おちい》らせた。

（なんだ——あれ？）

あまりにも見慣れた形であったが、それがそんな風な歪み方をしているところを男は見たことがなかった——そう、それは彼自身の顔だった。

鏡。

紅葉が衣装室から持ち出したのは手鏡だった。それを盾として顔の前にかざしながら、彼女は男に体当たりしていった。

がきっ、と包丁の刃先が鏡に喰い込んで、もろともに吹っ飛んだ。

男と紅葉は絡み合って、その場にもんどり打って倒れていき、近くのテーブルを巻き込んで転がった。

「——ぷはっ！」

紅葉はずっと呼吸もままならない緊張状態だったので、身を起こしたときに大きく息を吐いた。

その前に、ばっ、と男が歪んだ顔を上げた。眼の焦点が合っていない。今、見せつけられた自分の顔の衝撃から回復しきっていない——混乱したまま、しかしその手には包丁に代わって、テーブルの上にあったフォークを握りしめていた。

(——あ)

紅葉は、妙に冷静だった。混乱した男が、フォークを振り回して、自分に向かって突き刺してこようとしているところを、スローモーションのように感じていた。

喉《のど》に、先端が触れて、喰い込んできて、皮が破れて肉にめり込んでくるのを感じて、そして——次の瞬間だった。

ばちっ、と何かが弾けた。

それはホフマン男の、手のひらの肉と、中指だった。

フォークを握っていたはずの男の手が、なにかに直撃されて破壊されていた。銃弾のような、しかし目に見える弾丸などはどこにもなく、銃声もなく、いきなり〝破壊〟という現象が男の手を粉砕していた。

フォークがどこかに飛んでいき、男は突然の衝撃と激痛に「うぎゃあ」と絶叫を上げて、手を押さえながら転げ回った。

そこに、式場の従業員たちが駆け寄って男のことを押さえつけた。紅葉から離れた。

「——こいつ、暴れるんじゃない!」

「まだ何か隠し持っているかも知れないぞ」

「自分の包丁で自分の手を切ったようだな。血で滑るから気をつけろ」

男がバタバタと藻搔きつつ、連行されていくあいだ、紅葉は茫然とその場にへたりこんだままだった。

「…………」

彼女の目は、それらの方を向いていなかった。

別の方向を、開け放たれた扉の向こうの、通路の壁を見ていた。

そこに、背をもたらせて立っているのは、褐色の肌に青い目をした無表情の男——シャーマン・シンプルハートだった。

(い、今——あいつ、なにかしたの……?)

一瞬で、男の手を遠くから破壊したのは、いったいどういうトリックだったのか……それとも、と彼女がぼんやりと考えていたら、自分に誰かが飛びついて、抱きついてきた。

「うああん、紅葉!」

見ると、それは友人の舞惟だった。

「何してんのよぉ、あんたは! 危ないじゃないの!」

泣きながら、彼女のことを抱きしめてくる。紅葉はそんな舞惟にどういう顔を向けていいのかわからず、ちょっと逡巡《しゅんじゅん》した——そして目を戻したとき、もうシンプルハートの姿はその場から消えていた。

「なに、なんなの? 何が起こったの?」

舞惟だけでなく、他の友人たちや親戚たちも近づいてきて、ざわざわと騒ぎがだんだん大きくなっていく。

＊

……それからが大騒ぎだった。

警察がやってきて、襲撃犯の男は逮捕されて事なきを得たのだが、この一連の状況は撮影されていたのだ。固定カメラで、紅葉が襲撃犯に飛びかかっていく様子がはっきり写っていたのだ。しかもその様子を別の場所にネット中継もしていたので、その映像データがあっというまに色々なところに流出し、たちまち噂は広まった。

もちろん紅葉はあの後で、ふつうに親戚の結婚式をやって、そこで白々《しらじら》しいスピーチなどもしたのだが、しかしその間中、招待客たちは誰一人として話の中身など聞かず『あの娘すごかったらしいよ』と噂ばかりしている始末だった。そのため披露宴には妙な高揚感が漂って、場が盛り上がりもしたので、結果としては良かったみたいなのだが、パーティを終えて外に出てみると、マスコミが押し寄せてきていた。

またバッシングか、と思ったら、今度は真逆《まぎゃく》だった。

紅葉はすっかり話題のヒロインになっていた。我が身を顧《かえり》みず、無関係のはずの花嫁を救った正義感溢《あふ》れる少女として、ぜひコメントをくださいというへりくだったものに変わっていた。

「どんな気持ちだったんですか？」

「その怪我《けが》はあのときのものですか？」

「たいへんに勇気ある行動だったと思うのですが、決断したのはどんなきっかけで？」

答えようのないことを次々と訊かれて、彼女がすっかり戸惑っていると、すかさず母親が出しゃばってきて、

「すみませんが皆さん、娘もまだ動揺していますので、落ち着いたら記者会見を開きたいと思いますので、それまでお待ちください」

「助けられた被害者の方が、葛羽さんにぜひお礼をしたいとおっしゃっていますが、それはお受けしますか？」

「その辺のことも、後日改めて説明しますので。はい」

実にそつなく、得意げに喋っている母親に紅葉はちょっとうんざりして、こそこそと逃げだした。また建物の中に戻って、追ってこようとするマスコミを遮るために、とりあえず洗面所へと入る。

鏡を前に、ふうう、と息を吐く。

（なによこれ、なんなのよ……どういう状況なの？）

訳がわからない。目の前がぐるぐる回っているような気分だった。

「…………」

しばらくの間じっとして、鏡を睨みつけていたが、しかし今度はいつまで経ってもあの人形の姿が映ることはなく、そのことに紅葉は何故か、ひどく苛ついてしまった。

（なんで、こんなときには出てこないのよ、まったく——）

何分か過ぎた後で、携帯電話が着信を告げた。母親からだった。出ると、警察が事情を説明して欲しがってるから来るように、とのことだった。

「はいはい、行きますよ——でも、どこまで説明すればいいの？　でびる屋のことも言っていい訳？」

そう言うと叱られた。関係ないことは言うな、とか言われるが、

(でも、大いに関係あることなんだけどな——なんか、私だけに妙なプレッシャーが掛かってきてない？　これって——)

彼女はもう一度、はああ、と盛大にため息をついて、外に出ていった。

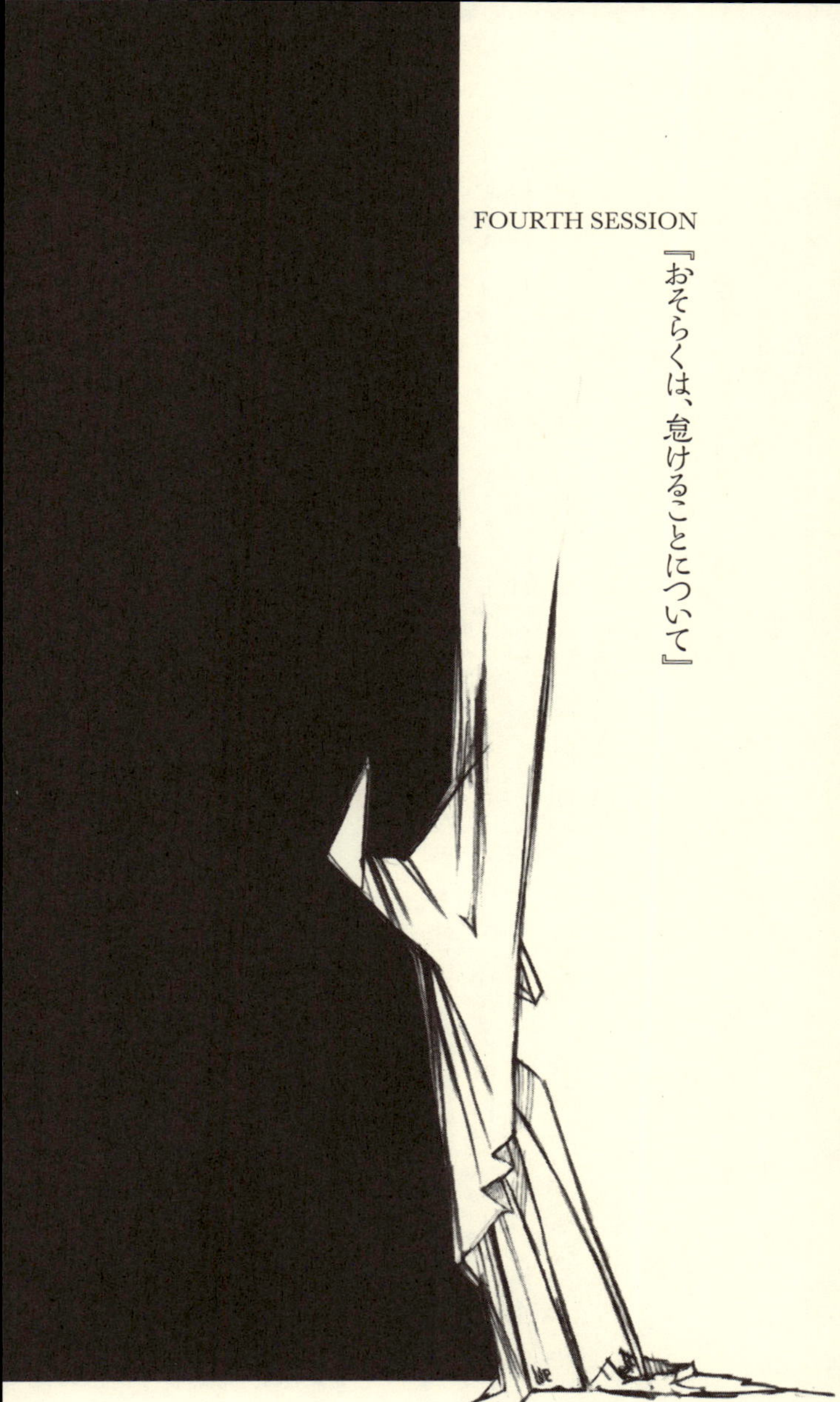

FOURTH SESSION

『おそらくは、怠けることについて』

紅葉の生活は一変した。

警察で表彰してもらったときには、その署の前に大勢のマスコミが押し掛け、カメラのフラッシュがものすごかった。しかしこの前と違って、その場の空気はひどく晴れやかなものだった。だがその分、息苦しさはバッシングされていたときよりも増しているような気もした。

しかし今度は移動にも困る、というようなことはない。テレビ局が用意したハイヤーが待機していたのだ。その前を遮ろうという者もいない。みんなニコニコしながら、一応コメントをといってマイクを向けては来るが、しかし「ありがとうございます。皆様のおかげです」と心にもないことを言うだけで納得した顔になる。

特定のテレビ局とは独占契約せずに、各局に出演するという戦略を取ったので、紅葉はやたらと色々なところに行かされ、同じような話を何度も繰り返させられた。

「ただもう夢中でした」

適当にそういうことばかり言っていると、中には少し意地悪く、

「ひとりで衣装部屋に入っていたって言ったけど、そんなにスピーチに緊張してたの？」

と訊いてくる者もいた。もういっそ正直に、鏡の中の人形に連れられて行ったんです、と言ってやろうかと思ったが、

（……どうせギャグだと思われて、ウケたがっているんだな、とか誤解されるのがオチだわ。そんなことになったらメンドくさいし）

と考えて、ええまあ、と曖昧にうなずくにとどめた。

「でも今は、ずいぶんと堂々としているみたいだけど？」

「だってあのときは、奈美お姉ちゃんの一生に一度の大切なイベントじゃないですか。こう言っちゃなんですけど、テレビ番組なんかとは重みが違います」

「はは、言うねえ。いやハートが強いね君は」

その大物司会者は感心したように言うが、紅葉はそいつが彼女自身には特に興味がなくて番組を進行させることにしか関心がないのがわかっているので、一対一で話していても緊張もへったくれもなかった。だいたいこっちにわかるような話しかしないのだから、あの腹話術師よりはずっと楽だった。

「松前《まつまえ》さんは毎日、番組やっていらっしゃるでしょう？　要は日常じゃないですか。でも結婚式は一生に一度ですからね」

「いやあ、人によっては何回もしてるけどね」

「そんなこと言って、松前さんご自身は愛妻家で有名じゃないですか。もう一度、別の人と結婚式を挙げたいですか？」

「いやあ、こいつは参ったな」

「ああ、それとも銀婚式とかならできますけどね」

「ははは、こいつは参ったね。君は大したお嬢さんだよ」

そんなようなことを数回繰り返していたら、なんだか出演依頼が次から次へと来るようになってしまった。別にもう事件とはなんの関係もなく、オーディション番組の審査員とか、なんで私が、と思うような依頼まであった。

しかし母親は、そのほとんどを受けてしまった。気が付いたら、親の会社には紅葉のための専用回線まで用意されていて、なんだかすっかり広報官のようになってしまっていた。

「これもみんなあなたのためじゃない」

母親はそう言うが、紅葉としては、なんか身に染みないことばかりやらされている気しかしなかった。

街を歩いていると、サインを求められるようになってきたり、ウチの服を着てくれませんかという申し出がアパレルメーカーから来たり、美容院に行けばお金はいらないから代わりに店のことを馴染みだと言ってくれないかと言われたり、正直紅葉はなんだか気味が悪くなってきていた。

(私、なんでこんな風になってんの?)

確かに犯罪者の逮捕に協力したかも知れないが、それだけでこんなに騒がれるとはとても信じられない。すごくわざとらしい気がする。

(これって、まさか……)

あのシンプルハートの差し金なのだろうか。しかしそれにしては少しおかしい。憧れてます、ファンです、とか言ってくる人々全員に、あいつの効力が働いているとはとても思えない。テレビで共演している人からも、それらしい感触は一切感じないし。

（うう、どういうことか、説明してくれないかしら……）

しかし出てきて欲しくないときにはあんなに遠慮なく出てきていた人形は、騒ぎになってからはまったく姿を見せなくなっていた。

そんな風にして、二週間近くが経過したときのことだった。

彼女は久しぶりに学校に行けたのだが、雰囲気があからさまに一変しているのに戸惑ってしまった。

そもそもあの薬物騒動があった後だ。紅葉自身はすごくビクつきながら登校したので、校門をくぐろうとしたところで大勢の生徒たちに取り囲まれたときには、真剣に報復されるのかと思ったくらいだったが、もちろんそれは彼女を称《たた》える者たちだった。あまりの騒ぎに教師たちが出てきて、紅葉はやっぱり叱られるのかと思いきや、その教師たちは彼女を守るようにして職員室に、そして校長室にまで案内した。

「いやあ葛羽さん、今回は大変な活躍だったわね」

女性の校長がニコニコしながら彼女のことを褒め称える様子を撮影しているヤツらがいる。これ誰なの、と紅葉は思ったが、なんかそういう余計なことを言えないような空気になっている。紅葉は、どうも、とか曖昧な返事をしながら、校長と握手したりした。手を握られた瞬間には背筋がゾッとしたが、それがどうしてなのか自分でも説明できないな、とか思った。

教室に入ってからも騒ぎが続いた。彼女は舞惟と話がしたかったのだが、他の連中が取り巻いてしまって、特定の誰かと話し込むことなどできない風になってしまっていた。舞惟は控えめなところがあるから、こういうときには、私たち仲良し、みたいなアピールをしたがらない。しかし紅葉はそれが寂しく思えた。

(周り中に人がいるのに、なんで寂しいなんて思うのかしら、私は――)

授業中も上の空になってしまって、全然勉強にならない。

昼休みになると、さらに収拾がつかなくなってきた。学食では食事もままならず、きつねうどんはすっかり伸びてしまった。

そんな中で、一人の男が彼女に接近してきた。

「やあ葛羽さん、君もすっかり有名人だね」

彼の登場に、その場がちょっとざわついた。紅葉は顔を上げたが、そいつのことをぼんやりとしか思い出せなかった。

(えーと――確か、王子、とかいうふざけた綽名《あだな》がついてる先輩だった、よね)

「君のことは前から結構知られていたけど、まさかこんなに急にメジャーになるとは思わなかったよ」

先輩はあからさまに気取った髪型をしていて、見るからに軽薄そうである。この学校には金持ちの子が多いのだが、その中でも相当な資産家の息子だったはずである。校内で一番有名な男だったはずだ――興味がないからよく憶えていないが、成績も優秀でなんかの運動部でキャプテンだか何かをやっているとか——なんかマンガの登場人物みたいなヤツで、この登場も注目されたがっているのが見え見えで、目立ちたがりなのは間違いない。王子というのも真面目半分ふざけ半分で呼ばれているはずである。

（まあ、よく知らないんだけど——）

紅葉がぼんやりしていると、横に座っていたクラスメートが、

「江原《えはら》さんも、注目度では葛羽さんに負けちゃうんじゃないですかあ」

と間抜けなことを言ったら、こいつは本当に前髪を掻き上げて、

「はは、別にそんなことでいちいちジェラシーを感じたりはしないけどね」

と言いやがったので、紅葉は飲みかけの水を噴きそうになった。

（ほ、本気で王子様気取りなの、こいつ？）

こんな馬鹿がウチの学校にいたのか、と紅葉はなんだか恥ずかしくなってきた。

「でも葛羽さん、うちの家と君のところの会社は結構仲がいいのに、これまでほとんど話をしなかったのも不思議だったね」

そんなことを言われて、紅葉はぎょっとする。

「え？　そうなんですか——えと、エハラさん。もしかして、うちのママと知り合いですか？」

「いや、直接に知ってるわけじゃないけどね。でもうちの別荘の家具は、たしか君のところの代理店に輸入してもらったはずだよ。ああ、結構前だから、こないだの、例の輸入禁止措置のあおりで君の家がピンチになったときよりも前のことだね」

「はあ、そうですか」

それではほとんど無関係ではないか、と思ったが、ここで無駄に突っ張ってもしょうがない。

それからもこの江原はやたらと自分の話ばかりしまくって、周りの皆が少しシラケ気味になったが、そのおかげで紅葉への集中が薄れて、そのことだけは紅葉は少し助かったと思った。

そして放課後になって、せめて帰りぐらいは舞惟と話しながら歩きたいなあ、と思っていたら、家から電話が掛かってきた。

〝ああ、紅葉？　あんた、悪いんだけど学校からすぐにテレビ局に行ってくれない？〟

「はあ、なにそれ？」

〝急に決まったのよ。迎えをやるより、そっちでタクシーをつかまえた方が早いから〟

「なんなのよもう、冗談じゃないわよ。こっちにも都合があるんだから――」

と喚いていたら、ぽん、と後ろから肩を叩かれた。振り向くと、うげっ、と思った。

「やあ葛羽君、困っているようだね」

そう話しかけてきたのは江原だった。

「良かったら、うちの車で送ろうか。ちょうど今、迎えの車が来たところなんだ」

「いやあの、それは」

〝ちょっと紅葉、誰と話してるの？　車、とか聞こえたけど〟

母親が口を挟んでくる。すると江原は電話に顔を寄せてきて、

「初めまして、葛羽さんのお母様。僕は江原雅史《まさし》と申します。良かったらうちの車で娘さんを

お送りしたいと提案させていただいたところでして」

と無遠慮に言った。なんて無礼なヤツだと紅葉はカッと来たが、母親の方は、

〝あらあら、もしかして江原コーポレーションのところの息子さん？〟

と明るい声を出したので、紅葉はうんざりした。

それからはもう、ぐだぐだとなし崩しに、紅葉は数分後には江原家の送迎車に乗って高速道路に入っていた。

（ううう……）

ものすごく気が重い。彼女の方は気まずいの極みみたいな心情なのに、江原の方は陽気に、後部座席で隣りに座ってあれこれ話しかけてくる。

はあ、とか、まあ、とか適当に相槌《あいづち》を打っているしかないが、ずっとこんな調子のいいだけの男の話を聞かなきゃならないのか、と紅葉はストレスで胃に穴が空かなきゃいいがと考えていると、

「それにしてもだね、葛羽君と呼ぶのもなんだかぎこちないよね。紅葉ちゃんって呼んでもいいかい」

と言い出したので、真剣に（こんガキゃひっぱたいたろか）と思ったが、なんとか我慢して、

「ええまあ、ご自由に」

とうなずく。江原もうなずきかえし、

「紅葉ちゃん、さっきも言ったけど、これまで君と話していなかったのは変だったね。タイミ

ングが合わないのかな？」

「さあ、どうでしょうか」

「紅葉ちゃんも知ってると思うけど、俺はもう進学先が決まっているじゃないか。もうそこの人たちとのコネクションができているんだよね」

自慢げに言うが、紅葉としては（おめーのことなんか知らねーっつーの）としか言い様がない。どんだけ自意識過剰なんだ、と心の中だけで毒づく。

「それで、良かったら紅葉ちゃんもその先輩たちに紹介しようかと思うんだよ」

「はあ」

「やっぱり付き合うなら一流の人たちとでなきゃね。そう思うだろ？」

「えーと」

「紅葉ちゃんもそろそろ自覚した方がいいよ。自分たちは選ばれた特別な人間で、他の者たちとは違うんだってことをね」

「いや、それは――」

と言いかけたところで、紅葉はそれに気づいた。

車の後部座席と、リアウィンドウの間――そのわずかな空間で、何かが動いている。ちょうど江原の斜め後方にあたるところで、ちょこちょこと影が揺れている――ひょい、と何かが飛びだした。

『馬鹿につける薬はない』――そう書かれた小さな看板を持っている、それはもうお馴染みのシルエットだった。

（んぎ……？）

紅葉はあやうく大声を上げるところだった。そんな彼女を後目《しりめ》に、江原の背後を取っているハズレ君人形は、看板をひっくり返す。すると裏には、

『ほらほら、スマイルスマイル、自然な会話を続けないと』

と書かれていた。はっ、と我に返ると、目の前には少し怪訝《けげん》そうな顔の江原がいる。

「どうかしたの？　急に怖い顔になったけど」

「え？　……あ、あー——いや、なんでもないっていうか、その」

彼女が唇をもがもが動かしていると、その緊張を受けて身体が反応した。空っぽの胃が収縮して、ぐうう、と腹の虫が派手に鳴った。いつもなら恥ずかしいところだが、その音を聞いて江原が苦笑したので正直、助かったと思った。

「なんだ、お腹が減っているのかい？」

「ははは、どうも下品ですみません」

「いやいや、いいよ。そういえばお昼をほとんど食べていなかったね。そうだ」

と前の方に手を伸ばして、車内トランクから紙包みを取り出す。その間に人形は後ろを通って、天井にへばりつくような位置に着く。江原が戻ったときにまた看板を回す。そこに書かれている字が変わっている。

『さあて、お立ち会い——世紀の大魔術が始まるよ』

どうして看板の字が変化するのか、その理屈はさっぱり理解できないが、驚くことが多すぎて、そこを不思議がっている余裕がない。

(ど、どうしてこいつがこんなところに——ていうか、じゃあ〝本人〟は——)

と思ったときには、もう気づいた。はっ、と車の前方に視線を向ける。

(運転手——そういやこいつ、前にも化けてた……)

帽子を被っているその男は、当然のように無表情である。バックミラー越しに視線が合いさえするのだが、まったくの無視である。普通に運転していて、どうやって人形を操作しているのかさっぱりわからない。

「ほら、こういうものが用意してあるんだよ」

江原が紙包みを開けながら話しかけてきたので、しょうがなく視線を戻す。

紙包みの中にはポットと、さらに小さな包みが入っていた。匂いから食べ物であることはすぐにわかった。

「これはたいてい用意させているものでね。ちょっと小腹が空いたときのためなんだが。レモンティーとフィッシュバーガーだけど、いいかい」

「え？　い、いやおかまいなく」

「まあ遠慮なく。そこらのファーストフードじゃなくて、人気のパン屋の特製だから味が洗練されているよ」

コップも出して、ポットのお茶を注ぎ始める。慣れている感じで、たぶん女の子相手に散々こういうことをしているのだろう。普段はケーキだが、今回は紅葉が空腹だと知っていたので品物を替えたというところか。

「この車、揺れないだろう？　サスペンションが他とはちょっと違っていてね、実に柔らかいんだ。まず零《こぼ》さないで済むんだよ」

車のことを自慢するなら運転手のことも気づけやマヌケ、と紅葉は心の中で怒鳴る。しかし江原はそんな彼女の内心などまったく知らず、にこにこしながらお茶の入ったコップを彼女に渡し、自分の分も入れてコップをかるく持ち上げて、乾杯、みたいな素振りをする。

すると後ろの人形がまた看板を返す。

『はーい、いいですかあ。もうすぐこの男から魂を抜いてしまいますよ。いーち』

江原がコップに口を付ける。また看板が返る。

『にーの』

ごくごく、と江原の喉が動いて、お茶を嚥下《えんか》する——紅葉の見つめる視線に気づいて、さらに微笑んで、

「そうだ、ちょ——」

と言い掛けたところで、がくん、とその身体が崩れ落ちた。股間《こかん》にお茶を派手にぶちまけるが、それにも反応せずにそのまま倒れ込む。

「——さーん！　じゃじゃーん！　はい見事に、この馬鹿から魂抜いちゃいました。ばーん！」

人形の口が動いて、声を上げながら動かない江原の上に降りてきた。持っていた看板をぽい、

と前部の空の助手席に放り投げる。

「――な、何してんのよあんた！」

紅葉が思わず叫ぶと、人形は江原の顔に手をやって、すりすりと頰《ほお》を撫《な》でる。するとその男の口から大きく、

「……うごぉ」

と鼾《いびき》が聞こえだした。人形はその音に合わせて、楽団の指揮をするような動きをしてから、

「まあ、もちろん単なる睡眠薬で、手品としちゃ最低の代物《しろもの》だがな」

と嘯《うそぶ》いた。

「い、いやそういうことじゃなくて……なんでこんなところにいるのよ?!」

「おやおや、今さら？　その理由を説明しなきゃならないのか？　君はあれか、一度でいいことを二度三度言われなきゃ理解できない、呑み込みの悪いヤツか？　そういうヤツは見てくれがいくら可愛くても男に捨てられるぜ」

実に軽薄そのものの調子でまくし立てる。その適当さといったら、さっきまでの王子キャラの男よりもさらに洗練されていて、レベルが全然違っていた。遥かに人の神経を逆撫でし、一瞬でマックスまで苛立たせる。

きっ、と運転席の方を睨みつける。しかしもちろん、男の方は一切彼女には対応しない。

「そのお茶を飲んでみる？」

人形の方から聞こえるとしか思えない声に、ついそっちの方を向いてしまう。

「飲むわけないでしょ！」

「しかしだな、ここで君もおねんねすれば、少なくとも吾輩と延々会話しなくてすむぞ。疲れているんだろ。少しは休んだらどうだ？　んん？」

妙に優しいことを言う。紅葉はお茶を睨みつけて、一瞬考えて、そして一気に飲んでしまった。ちょっと熱かったが、それほどでもなかったからむしろ美味《おい》しかった。

「ははあ、お見事！」

「どうせ、こっちには薬は入ってないんでしょ？」

「なんでそう思う？」

「あんたのやり口がだんだん呑み込めてきたからよ。右と言えば左、左と言えば右ってね」

「ふふん、いいねいいね。実はそうなんだ。よくぞ見破った。コップに薬を塗りつけてあったんだよ」

「種明かしはどうでもいいわ」

「それは悟りの心境かい？」

「あんたの言うことなんか、どうせ信用できないから本当かどうか確かめられないからよ」

「エクセレントォ！　その疑い深さ、実にエクセレントだよ、クズっち」

人形は眠り込んだ江原の上でぴょんぴょんと跳ね回る。

「それよりも、あんたには色々と訊きたいことがあったのよ」

紅葉の真剣な調子に、人形は踊るのをやめて、振り返る。

「んん?」

「この前の結婚式の、あのストーカー男の襲撃だけど……あれって、あんたが仕組んだことなの?」

「なんでそう思う?」

「だって——タイミング良すぎるじゃない。それで、結果として、私がすげえ得したみたいで、なんとも後ろめたい、と?」

「やっぱりそうなの? あの男をそそのかしたのはあんたなの?」

「おいおい、君の見解にはひとつ、決定的な要因が欠けているぜ」

「なにがよ?」

「もしも吾輩があの件を仕組んだとして、それで君があああいう行動に出るかどうかは計算できないってことだよ」

「いや、そんなことは」

「君があんな風に男に突撃することを、吾輩は予想できたと思うかい?」

「う、うーん」

「君が勇気と正義感に溢れる人間で、絶対に危機に陥った花嫁を助けるに違いない、と確信していたのかな、吾輩は」

「………」

「それとも、ああいう状況になったら誰でもああするのが当然だと、君は思っているのかな」

「そ、それは……そうでしょ、やっぱり」

「だとしたら、なんで他のみんなは今、君のことをやたらめったら褒め称えているんだろうな？」

「…………」

紅葉が口ごもってしまうと、人形は首をちょいと横に傾けて、

「そう言えばさっき、この馬鹿が君のことを選ばれた存在とかなんとか言ってたな」

学園の王子様の顔を蹴飛ばしながら言う。

「あれってどういう意味だろうな」

「くだらない自惚《うぬぼ》れでしょ。私のことよりも自分がそうだって言いたかったのよ」

「誰に選ばれているつもりなんだ？」

「いや別に、特定の誰かってことじゃなくて、単なる言葉のあやでしょ。他とは違うんだということを喩《たと》えているだけでしょ」

「それは金持ちの親から生まれたことだろう？」

「まあ、そうでしょうね」

「それで幸運の星のもとに生まれたんだと思っている」

「そんなところじゃない？　割と本気っぽいし。でもそんなの、先がどうなるかわからないのにね」

「君のように、自分の行動で地位を勝ち取ったわけでもないのに、かな」

「……だから私のは、そんなんじゃなくて。もっとこう——」

「流行、かな」

「……その言葉は前にも聞いたわ」

「そうだな。流行に選ばれるということは、つまり神に選ばれることと同じだな」

「あんたの詭弁《きべん》には付き合わないからね」

「これで君が死ぬまで今の人気を維持して、死後も称えられ続ければもう立派な神さまだぜ？」

「何言ってんのよ。そんな馬鹿なことがあるわけないでしょうよ」

「まあ、ないだろうな。すべては忘れ去られて、薄れて消えていくんだから」

断定されると、それはそれでムカつく。紅葉は、

「すべてってことはないでしょうよ。残ってくものだってあるわ」

と、つい反論してしまう。するとハズレ君は、

「いや、ないね」

とさらに断言する。

「そんなことはないでしょ。色々と残ってるじゃない」

「たとえば？」

「いやその、だから——お城とか。美術品とか」

「そいつらはなんで残っているんだろうな」

「え？」

「他のものが消えていくのに、なんでそういうものは残るんだと思う？」

「そりゃあ、良いものだからじゃないの」

「それはどうかな。だったら他のものは良くないもので、残るものに比べて劣っているのか？　残ったものは価値があったが、消えたものはみんなどうでもいい滓《かす》みたいなもんだったのかな」

「いや、それは違うと思うけど」

「じゃあ、なんでそいつらは残って、他のものは消えたんだろうな。その運命を分けたものは一体なんだと思う？」

「たまたまでしょ、そんなの」

「つまり運が良かったと？」

「運次第とかあまり言いたくないけど、そういうことになるんじゃないの」

「ところで君は、ミロのビーナス像のことは知っているかな」

唐突に訊かれる。紅葉はうなずいて、

「もちろん知ってるけど——あの有名なアレでしょ。両腕が取れちゃってるヤツでしょ」

「あれは運が良かったのか？」

「えーと、どうだろ……壊れてはいるのよね。でも結構形が残っている方だろうから……」

「というよりも、あれが普通に腕が付いていたら、どうなっていると思う？」

「……どう、って？」

「あれは遺跡から発掘されたものなんだが、別に世界最古ってほどじゃない。他にも同じような遺物はたくさんある。それなのに、どうしてあれはあんなにも有名になったんだと思う？」

「いや、出来がいいからじゃないの？」

「腕が欠けているのに、出来の良し悪しを判定できるのか？」

「それは……なんとかなるんじゃないの？」

「では他の彫刻も、考える人だのダビデ像なんかも、腕が取れちまっても価値は変わらないのかな」

「それは無理でしょ——ていうか、何が言いたいのよ？」

「ミロのビーナス像は、腕が欠けているからこそ価値がある。あれがふつうの女性像だったら、誰もそんなに大したものだと思わないんじゃないのか？」

「うーん……わかんないけど、そうかもね。それがどうしたのよ？」

「欠けていることが人の心を刺激するから、ミロのビーナスは永遠の芸術のシンボルになった。それは一体、心のどんな部分を刺激しているんだろうな？」

「あんまり難しいこと言い出さないでよ。どういうこと？」

「すべては消えていく。それをみんなが知っている。ミロのビーナスの失われた腕はもう、永遠に戻らない。しかしそれでも、なんか均整が取れている気がする——そこが素晴らしい、と皆は感じる。こんなに失われたのに、まだ美しいのだから、失われないものはあるはずだと思う。それが理由だ」

人形はビーナス像を模すように両腕を後ろに回して、くねくねと腰を曲げる。

「逆なんだよ、論理の道筋が。残るような芸術が何故残るのか、それは残したいと思うヤツがいるからだ。なんで残したいのかというと、そいつも消えてしまうから、自分の代わりに残るものが欲しいからだ。だからそれ自体には、実は大して意味がない」

「意味がないって——そんなことはないんじゃない？　だって残したいって気持ちは本物なんでしょ？　だったらその気持ちも残っているんじゃないの？」

「残っているのは、そいつがつけた値段だけだ。どうしてそれが良いと思ったのか、その根本的な理由なんて実は誰も知らないままだ」

人形は腕を後ろに組んだまま、眠り込んでいる男の肩や脇腹の上を歩き回る。

「そもそも、芸術家がどうしてそれを創ったのかさえ無関係だ——こいつは破棄してくれ、と死ぬ間際に言い残した品物ほど値が上がるくらいだ。世界一の値段の付いている絵は、本人があまりに悲惨な人生に自殺するしかないと思った後で、しかも死後に、アホみたいな値が付いた——もちろん逆だ。死んだから価値が上がったし、生きているうちに値が付くはずもなかった。といって死んだからって価値が上がるわけでもないんだがな。その運命を分けるものはなんだろうな。絵の出来の良し悪しなんてほとんど意味がないのは確かだがな」

「……なんだか話がぐるぐると同じところを回ってるみたいで、焦点が合ってないような気がするんだけど」

「それは吾輩が？　それとも君が？」

「両方でしょ」

「ところが違う。焦点が合っていないのは吾輩と君以外——つまり世の中全体の方だ」

ぱっ、と人形は両腕を開いた。

＊

……どれくらい本気だったんだろう、とはちょっと考えます。あいつ、本気で私があいつの求める答えを言うと思っていたんでしょうか？　少なくとも、そのヒントを。

それともやっぱり、ただの暇つぶしの遊びだったんでしょうか。

まあ、遊び以外のことをするあいつっていうのも想像つかないんですけどね。なんか色々やっていたって話ですけど、今でも全然ピンと来ないんですよ。

あれじゃないですか。そういう具体的な仕事はみんな他の人、あの荒磯さんとか、あと……とにかく他の人がやってて、あいつはあんな風にふざけ回って、囮役《おとりやく》っていうか、攪乱《かくらん》？　そういったことをしてたんじゃないですか。

いや、今でも全然知りませんけどね、あいつが何をしていたのか、どんなことに協力していたのか、それとも、させられていたのか――関係あったんでしょうか、私は。

＊

「まるで自分が世界を背負ってるみたいな言い方するのね」

「いや、だから吾輩と、君だよ」

「私はどうでもいいっていうか、あんたが無理矢理巻き込んでるだけじゃない」

「吾輩だって好きでやってる訳じゃないぜ」

「何言ってんのよ——」

と言いかけて、紅葉はそういえば、と思い出す。

「たしか、あんた〝ご主人様〟とかなんとか最初に言ってたわよね——」

「そうそう。別に吾輩自身は世界がどうなろうと知ったこっちゃねーんだが、ご主人の方はそーはいかねーみたいでね」

人形はかくかくと何度も首を縦に振る。紅葉はちら、と車の運転席の方を見る。

「————」

ハンドルを握っている男は、マネキンのように無表情である。紅葉は男と人形の間の空間に向かって、言ってみる。

「でびる屋ってさ——たとえば、うちのママからお金とか、もらってんの？」

「んん？」

「いや、だからさ——要するにアレでしょ、ヤバげな人たちを、さらにヤバい方法で強引に救済する訳でしょ。でもそれって、金に困っているヤツからしか依頼を受けないってことで、危険の割にはあんまり実入りがないんじゃないの？」

「いや、そんなことはない」

「じゃあ結構もらってるの？　ウチにそんなお金なんかあったかな。貸してくれる銀行もないとか騒いでたのに」

「いや、そーじゃなくて——金はもらっていない」

「……へ？」

「でびる屋に仕事を受けてもらうことに、おまえの親は実に神経質だったはずだ——それはどうすれば受けてもらえるのか、条件がわからないからだ。相場がわからないものに手を出すのは勇気がいるしな」

「ち、ちょっと待ってよ——どういうこと？」

「不安というなら、今でも不安なんだろうな。あれだよ、マフィアのボスに借りを作ると、後でどんなことを要求されるかわからなくて怖い、って心境だ。もっとも困っている人間は、それでも頼んじまうんだがな」

「タダなの？　あんたって——」

「もちろん無報酬じゃない。こうして払ってもらっているんだからな」

「じ、じゃ本当に、こんなどうでもいいようなお喋りが、あんたの〝報酬〟なの？」

「吾輩の報酬じゃない。ご主人が〝こうしろ〟って言ってるだけだ」

「訳わかんないわ——えと、それじゃあんたは、そのご主人から何かもらってるの？　給料、とか」

「そうだな——強《し》いて言うなら」

人形は口元を、にたたあ、と大きく吊り上げた。

「生きている資格、かな」

「——なにそれ？」

「つまり、殺されないで済むという保証だ。吾輩はご主人に従っている限り、連中には殺されない」

「連中って、何よ？」

「連中は連中だ。吾輩を隙《すき》あらばと狙っているヤツらは皆、連中だ」

「そんなのがいるの？」

「おいおい、そいつは寝言か？　そんなのしかいない、と言うべきだぜここは。吾輩はとにかく世界中から狙われてるんだからな」

「ええと——」

紅葉は混乱した。するとハズレ君は「ひょひょ」と笑い声を上げて、

「おいおいおいおい、君だってその点じゃ大差ないんだぜ？」

と言った。紅葉がぽかんとなると、

「君はテレビにも出ているし、学校にも通っている。その中で、君は何もかも自分の思い通りにやっている訳じゃあるまい。〝こんなこと言ったらまずい〟〝こんなことしたら皆から無視される〟とか、色々と気を遣いながら生活しているだろう？」

「……それが何なの」

「たとえば道を歩いていても、車道には出ない。すぐに向かい側の通りに行きたくなっても、車が走っていれば横断歩道を探すだろう？」

「だからなんなのよ？」

「なんでそういうことをする？」

「なんで、って――」

「そうしないと生命が危ないからだろう？」

「いや、それは車はそうだけど」

「学校もテレビも一緒だよ。明らかに決められている枠があり、そこからの逸脱はそのまま危険に直結している」

「危険って、そんな大袈裟な」

「いやいや、たとえばクラスの中で孤立していて、授業に欠席したらその間に重要な知らせがあったけど、後で誰も教えてくれずに大事な試験を落とし、それをきっかけに成績は急降下、志望大学のランクも落とさざるを得なくなり、人生の成功コースから脱落、気づいたら見てくれの良いだけの馬鹿男の子どもを身籠もってしまってしょうがなく結婚、ますます貧しい人生に転落していく――どうだ、ありえないと断定できるかな」

「…………」

「テレビの場合はもっと簡単だよな。せっかく番組に出られても、他のみんなから無視されたらなんにもできず、次の出番はもう永遠に来ない。空気を読まないヤツには生き延びる道がないんだ。まさしく死活問題だ。違うか？」

「……どうせ反論しても言い返されるだけでしょ。そういうことは言えるんでしょう。でもそれが何よ」

「周囲は敵だらけだ——隙あらば君のことを狙っている。足下を掬《すく》って、君の持っているものを奪おうとしている。特に君なんかは今、取って代わりたいと思っているヤツはさぞ多いだろうしな」

「こんなの、いくらでも代わってやるわよ。好きでやってるわけじゃないわ」

「ところがどっこい、その中で君に取り入ってくるヤツもいる。連中の目的はもちろんおこぼれにあずかることだ。君という成功者にすり寄ることで、自分も得をしたいと考えているヤツがどんどん集まってくる。するとどうなる？」

「嫌な感じがするわ」

そう言ってやると、ハズレ君は「おおう」と大袈裟に嘆息《たんそく》する素振りをした。

「それでも君は、彼らのことを裏切れないし、失望もさせたくない。いったい何故だ？」

「なんでそう決めつけるのよ。私のことならなんでもわかるっての？」

「違うなら別に違っていてもいいんだよ。吾輩はそんなに君には興味はないから、これは一般論だと思ってもらってもいい」

ちょっと反論しても、ハズレ君は軽く受け流し、話を続けてしまう。

「自分にとって決して楽しいことじゃないのに、君はみんなの期待に応じないといけなくなる。それはどうしてだろうな？　いや、もちろん君がそれほどの器《うつわ》じゃなくて、耐えきれずに放り出して逃げることもあるが、その場合は前よりも遥かに悲惨な状況になる。そう、ちょっと前の君の親のような立場に落ちる。この〝流れ〟から君は決して逃れられない。困ったもんだと思わないか？」

「ごまかさないでよ、今は、そんな話じゃなくて、あんたのご主人様の話をしてたんじゃないの？　いくら余裕たっぷりにご託を並べても、あんたが絶対に逆らえないご主人様の、さ」

紅葉は悔しいのでさらに言い返してみる。また無視されるかと思ったら、人形は「ああ」と言いながら胸を押さえてよろけてみせる。

「痛いところを突くねえ。でも今のは前フリってヤツで、話を逸《そ》らしたつもりはなかったんだがね。そういう人の期待やらの流れが行き着く先について、君は考えたことがあるか？」

「はあ？」

「ないみたいだな。しかし今の君の発言の中にその答えはあるんだぜ。どんなヤツでも絶対に逆らえないものがあるはずだという、その見解が既にして答えだ。そう、生きるために強いヤツに従ってその力を頼る、その果てに待っているものはなにか、それを考えると、ホラ、わかるだろう？」

「わかるわけないでしょ」

「いやいや、わかっている。君と、他のヤツと、強いヤツと弱いヤツと、色々でバラバラな立場も考えも違う連中をつないでいる共通点だ。それがなければそもそも頼ることもできないはずだ。その接点こそが、吾輩の〝主人〟だ」

「そんなこと言っても、それこそ〝人間〟だってことぐらいしか接点はないんじゃないの」

「なら、そうなんだろうよ」

「はあ？」

「吾輩の主人はその〝人間〟とか〝人類〟とか呼ばれている共通項をまとめるものだ。吾輩を唯一縛っているのはその〝人類〟というシステムだ。そうだろ、いくら吾輩が騒いで、ふざけて、抜群のユーモアセンスを披露しても、それを見てウケるヤツがいなきゃすべては虚しいだけだ」

「ち、ちょっと待ってよ――なにそれ？　人間をまとめるもの、って――また神さまとか言い出すんじゃないでしょうね」

「神は人間の心の中にいるということは、この前に散々説明したはずだが。それはごく一部の概念に過ぎないのだと。国家とかも同様だって、な」

「で、でもそれじゃ、何を示しているのかさっぱりわかんないわよ――人間？」

混乱している紅葉に、ハズレ君はさらに、

「君はなんで世界から戦争がなくならないのだと思う？」

とんでもなく飛躍したことを言い出した。

「ち、ちょっと待ってよ……」

「いいや待たない。よく言うよな、人間には闘争心があるから争いはなくならないのだと。それって本当に正しいのか？　いやいや、別に戦争が悪いから消えるべきだとかいう話をしてるんじゃない。別に善悪なんかはどうでもいい。人間の本質についての話だ」

「本質、とか言われても——」

「闘争心が本質、という割には世界中のありとあらゆる法律が人殺しを禁じているよな。仲間は殺すな。敵も必要のない時には殺すな。汝《なんじ》殺すなかれ、ってな。なんで禁じている？　ほっとけば殺しちまうからか？　いやいや、ここで問題にしているのは〝最初〟だ。良心だの神さまだの、そういう口実ができる前の話だ。原始人の頃から人は人を殺していたのか？　女を男が殴り倒してモノにしていたとして、それは殺すためか？」

「いや、だからさ——」

「闘争心が人間の根っこにあるとして、その根っことやらは一つなのか？　闘争心だけでは説明のつかないことが多すぎると思わないか？　闘争心がすべてなら、誰かが最後に残るまで延々と戦い続け、殺し続ければいいだけなんじゃないか」

「そんな無茶な——」

「無茶、か。そいつはどういう気持ちだ？」

「いや、当然の気持ちだけど」

「当然、つまりそれもまた人間の本質だ。そんなの無茶だ、という気持ち。そうだな——つまりこういうことも言えるな。〝メンドクセ〟という気持ちは、闘争心と同じくらい、いやそれ以上に人間の本質なんだと。怠けたい、という気持ちが染みついているのだと」

「……その言い方は、なんか引っかかるけど」

「善悪だの理想だの、もっともらしいお題目が絡みついているからややこしくなるんだよ。闘争心なんてのは後付《あとづけ》だ。人間はできることならいつまでも怠け続けたいんだ。しかしそれだとメシの食い上げになるし、異性に良いトコ見せてモテモテになれないから、しかたなく闘争心とやらを掻き立てているだけだ。戦争がなくならないのは闘争心のせいじゃない。もめ事を解決するのをメンドくさがって、怠けているうちになし崩しに事態が悪化して、後戻りできなくなっているだけだ。戦争が人間の本質、ってのはそういう意味だ」

「……ああもう」

「動物園を見ろ。餌をたっぷり与えられて、種付けと妊娠の機会を与えられている動物たちは、実にのんべんだらりと怠けているだろう？　寝てばっかりで来場者につまんねーぞと野次られるライオン、生物の本質があそこにはあるよな」

「そういうのと人間を一緒にされても困るんだけど」

「ならば人間と、人間でないものを分けているのはなんだと思う？」

「いや、もう駄目。わかんないとかという次元じゃないわ。勘弁して」

「人でなし、っていうよな——極悪非道の行いをした者は、あいつらは人間なのか、そうでないのか」

「……え？　そりゃ、人間っていうなら人間でしょうよ。罪を憎んで人を憎まず、とか言うし」

「つまり〝罪〟と人間が分かれているわけだ、その場合は」

「は？」

「そこでは、人間、というのはつまり、人と人が一緒に暮らしていける状況、ということになる。闘争心が人の本質でない証拠の一つだよな。殺し合いが横溢《おういつ》している世界では人は人を信頼できず、一緒に生活できないもんなあ」

「人間っていうか、社会っていうんじゃないの、それって」

「よく言うよな――社会が人間を疎外しているとかなんとか。しかしそれは考えてみればおかしな話だ。まるで人間と社会が別々にあるみたいな言い方だよな」

「それは別々、なんじゃないの？　だって人間っていっても色々な人がいて、その中にはちょっと周囲とうまくいかない人だっているわけで」

「そいつらは人間じゃないのか？」

「そんな訳ないでしょうが」

「でも〝人間失格〟なんだろ？」

「それはあの、小説の題でしょ。私も感想文のために読んだけど、愚痴っぽい男がうだうだぼやいてばっかりで、何がどう失格なのか、さっぱりわかんなかったけど」

「だからあれは〝他人に期待されている自分として失格〟で、それが人間として失格だと思いこんでるわけだよ」

「ああ、そういうこと？」

「自分を現実よりももっと〝いいもの〟だと思いたい気持ち、それが人間性の核にあるということかな」

「でも、怠けたいんでしょ？　それって矛盾してないの？」

紅葉はもう考えるのを放棄して、適当なことを言ってみる。すると人形はくるくるとその場でバレエのように回転しながら、

「矛盾。ふむふむ。矛盾ね。なるほどなるほど、そうかも知れん。で？」

「……で？」

「それで、それがどうだというのかな。その矛盾にはどんな意味があるのかな」

「……いや、別にそんな深い意味があった訳じゃないけど」

「そうなのか？　どうだろう、そこでそんな風に怠けずに、ちょいと深く考えてみないか？」

「そんな風に言われても、なんのことだかもよくわかんないんだし」

「おいおいおい、そんなに〝本質〟に義理立てしないで粘ってみろよ。矛盾を追究すればその先に新たな未来が人類の前に拓《ひら》けるかも知れないぜ」

人形はちょっと眼を細めて、したり顔のような表情になる。

「またそんな、変に大げさなことを……」

紅葉は人形と、まったく変化のない運転手と、どっちに注目して良いのか迷い続けている。

「……ちょっと、今までの話を整理していいかな」

「どうぞ」

「あんたにはご主人様がいるけど、それって人類そのものと同じみたいな大きなもので、実在してんのかどうか、私には確認しようがないもので、あんたがそう言ってるだけかも知れない」

「ふむふむ」

「そしてあんたは、うちのママや学校や劣悪ホテル業者からは金をもらっていなくて、別の形で儲《もう》けを出してる——そのやり方は誰にもわからないけど」

「ほいほい」

「でも、わからなくしてるってことは、隠したいってこと」

「おおおう」

「あんたには目的がある。隠された目的が。ヤバげな連中を助けて回っているのは、その目的の役に立つから。後で利用できると思っているから」

「むむむう」

「あんたは結局、好き勝手やっているだけなんじゃないの？　考えてみればヤバいところを助けてやると称して情報を集めているわけだから、裏で色々と儲けるやり方とかたくさんありそうだし。ご主人様がどうのとか人類の接点がなんだのっていうのは、あんたなりのジンクスみたいなもので、ヤクザが喧嘩の前に神棚に祈るとか、そういう類のことなんじゃないの」

「ふわわあ」

「どうかな、これって合ってる？　それとも勘違いかな」

紅葉はバックミラー越しに、無表情の男の顔色をうかがう。しかし男の顔面の筋肉は一ミリも動いているように見えず、その代わりに人形の方が、がくん、と大きく肩を落とした。

「ああ――クズっち。君はまだ信じているんだなあ」

「え？　何を？」

「まだ思っている――この世のどこかに先生がいて、試験を受けさせて、○か×かを採点してくれるのだと」

人形は落とした肩を左右にぶらぶらと振る。

「合格か失格か、そういう基準がどこかにあるのだと。駄目駄目、それはよくない。そんな風に、すぐにわかりやすい答えに逃げるようじゃ、君も、連中と一緒に沈んじまうぜ」

「――連中、って……？」

その言葉を、さっきから何度も使っている。連中に殺されないように、とかなんとか……それはほとんど〝その他大勢〟というような意味のようでもある……。

「連中は連中だ。君が望まない未来、こうはなりたくないと思うものすべてだよ。君が連中に寄り掛かっている限り、君もそいつらと同じような運命を辿《たど》ることになるって話だよ」

人形はだらりと力を抜いたまま、両手を大きく広げて、カカシのようなポーズを取ってみせた。十字架に掛けられているようにも見えた。

＊

……はぐらかされた、ということになるんでしょうか。

あいつの秘密に迫ろうとしても、適当なことを言い返されてそれで終わり、ってことだったんでしょうか。でもあのときの、あいつの妙にがっかりした感じはなんか本音《ほんね》っぽかったんですよね。

そう、いつもいつも喚いて跳ね回っていたんで、おとなしくされるとそれだけで変な雰囲気になったんですね——なんだろう、もしかすると、って思うんです。

あのときにはぐらかそうとしていたのは、私の方だったのかも、って。

私が、もうちょっとあいつの話の内容に踏み込んでいっていたら、あいつは全然違う態度を取ったのかも知れなかったな、って。

——まあ、そんなこと言っても手遅れですけど。それに、私が色々と考えて話に付いていけるようになる余裕も、そのときにはもうそんなに残ってはいなかったんです。

ええ、そうです。

このすぐ後のことでした。私が鳴滝《なるたき》ミランダさんに会ったのは。

あの〝でびる屋の敵〟に。

＊

車はほどなくしてテレビ局に着いた。

「まあ、この王子様は吾輩が片づけておくから心配ないよ。君は心おきなく仕事に励んでくれ」

「起きた後で騒ぐんじゃない？」

「君と話してる途中で眠り込んだって言えば、そうかって思うだけだよ。なにしろ彼の取り柄と言ったら馬鹿なことだけなんだから」

人形はぺちぺちと江原の頬を叩いた。むにゃむにゃと江原は呻いて口の端からよだれを垂らした。

「後で揉めるのは嫌よ。ちゃんとしておいてよ」

「ああそうそう、これを持って行けよ」

そう言いながら人形が彼女の方に蹴っ飛ばしてきたのは、あの江原が用意していたという食べ物の入った紙包みだった。

「いらないわよ、別に」

「いや、たぶん急な呼び出しなんで、弁当とかないぜ。腹減ってるんだろ？　せっかく用意したんだから貰《もら》っていけよ」

「——って、あんたが買ってきたの？」

紅葉は思わず運転手の方を見るが、視線を向けもしない。

「……まあいいけどね」

逆らうのも面倒なので、紅葉は包みを手にとって、車から降りた。ドアは自動で閉まり、さっさと走り去ってしまった。

（なんだかなあ……）

紅葉は浮かない顔のまま、テレビ局の建物に向かって歩き出そうとした——そのとき、

「あなた、葛羽紅葉さんね」

と後ろから声を掛けられた。ぼんやりと振り向いて、少し驚く。

そこに立っていたのは透き通るような真っ白い肌とブロンドの髪をした、背の高い女性だった。

だがそんな特徴さえも霞《かす》んでしまうものがその女性にはあった。

その鋭い瞳の眼光は、紅葉のことを見つめているようで、彼女自身のことはほとんど無視しているような、そういう輝き方をしていた。

紅葉はぎょっとした。そういう眼をしている人物のことを、彼女は他にも知っていたからだ。

「私は鳴滝といいます。葛羽紅葉さん、あなたに訊きたいことがあるんですが、よろしいですか」

どう見ても外国人なのに日本名を名乗る、彼女の口調は極めて自然だった。

「えと——」

「イエンセン・イェーガーという男のことを、あなたは知っているんじゃないですか」

「いや、知りませんけど——」

「そうですか、それならシャーマン・シンプルハートという名前ではどうです？　そいつはいくつもの名前を使い分けているのですが」

……やっぱり、と紅葉は思った。

FIFTH SESSION

『かろうじて、根拠について』

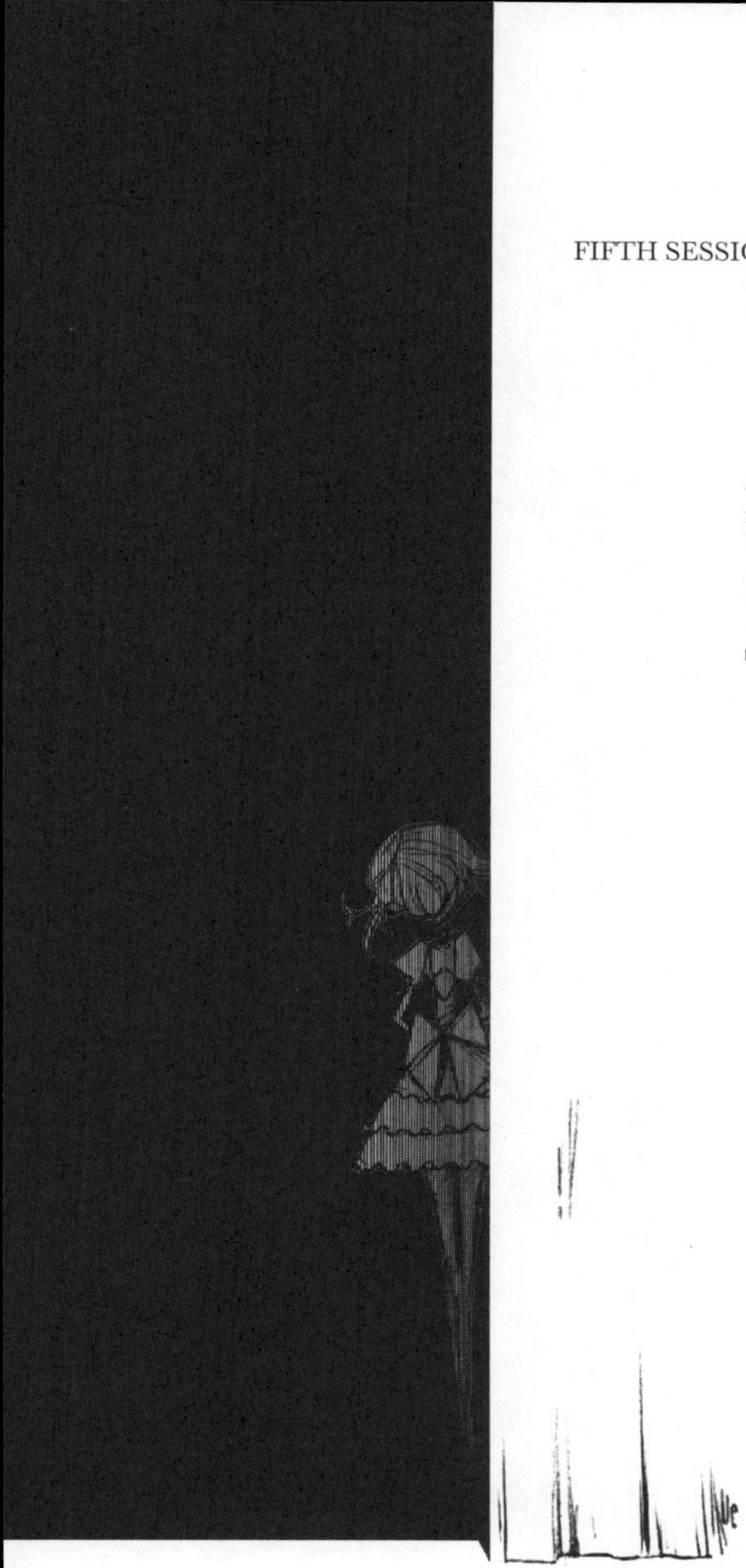

「なんのことでしょうか？」

紅葉はかろうじて顔色を変えずにすんだ。

「もしかしたら、あなた自身は教えてもらっていないのかも知れません。ディプログレッシヴ業者と称している連中との取引を、あなたのご両親がしていることを」

その耳慣れない言葉も、紅葉には意味を訊く必要はなかった。でびる屋のことに違いない。

「ええと——会社のことは私はよく知らないもので。すみませんけど」

焦りを隠しながら、なんとかそう言う。

「そう警戒しないでください。これが私の連絡先です」

そう言って外人の女性が出してきた名刺には『鳴滝ミランダ』という名前と外国語で長ったらしく書かれているのは、どうも組織名らしい。

「ええと——」

「頭文字を取って〈アンティ〉と呼んでください」

「ええと、会社ですか？」

「いいえ、NGOです」

正直どっちでもいい。いずれにせよ今の彼女にとっては、あまり好ましからぬ相手のようである。

「私たち〈アンティ〉は、さまざまな業界に入り込んで歪んだ構造を生み出す悪徳業者の摘発を主な使命としていますが——あなたのご両親は、その中でも特に悪質な者と交流があるようなのです」

「いや、ですからそんなこと言われても困るんですけど」

彼女が話を切り上げようとしたところで、ミランダは紅葉の手にしている紙包みに視線を移して、

「それはバーガーですか？」

といきなり訊いてきた。

「え？　そうですけど——」

「匂いからしてフィッシュバーガーだと思いますが、あなた、それが何から作られているのか知っていますか？」

「は？」

紅葉はいきなり当てられて驚いたが、ミランダはそんな彼女の動揺にお構いなしで話を続ける。

「一般的ないわゆる白身魚のフライは、その大半がナイルパーチという魚です。日本ではスズキと称されて流通しているようですが——あなたはその魚のために一つの世界が滅びたのを知っていますか？」

「いや、あの」

「かつては〝ダーウィンの箱庭〟とまで呼ばれるほどに様々な種類の魚が生息していた豊かな

湖が、目先のことしか考えない漁業者によって放流されたナイルパーチのため生態系が完全に破壊され〝金になる〟魚以外は生存できないものに変わってしまったのです。市場の求めるより安価な安定供給というもののために、数億年かけて発展していたものが根こそぎにされてしまったのよ。美しかった湖は今や藻を食べる草食魚がいなくなったために赤潮が増殖して見る影もない」

ミランダの声はむしろ淡々としていて、興奮している様子はない。

「そればかりではない。ナイルパーチの加工工場のために、周辺の人々の生活環境も激変した。それまで自給自足していた村社会は根底から破壊され、工場で働く者とそうでない者との貧富の差は凄《すさ》まじいものとなり、失業者は工場から出る腐りかけの廃棄物を漁《あさ》るしか糧《かて》を得る術《すべ》がなく、女性たちがやむなく格安娼婦《しょうふ》となった結果エイズのはびこるようになった国には、親のない捨て子たちがホームレス状態であふれかえり、暖を取るために燃やす発泡スチロールを求めて徘徊《はいかい》する——それらはすべて、その白身魚のフライを、この国やヨーロッパに安く売るために起こったことなのよ」

ミランダは紅葉の眼をまっすぐに見つめてくる。

「どうかしら、あなたは無関係と言い張るかも知れない。でも世の中には、あなたが意識しなくても色々なところにおぞましき悪徳が根を張っているのよ」

「…………」

紅葉は押し黙ってしまう。ミランダはそんな彼女に、静かな口調で、

「あなたは正義感の強い少女だと聞いています。悪を恐れず、まっすぐに立ち向かっていった勇気ある人だと。ならば自分の置かれている立場をもう少し見つめ直してみるのもいいのではありませんか」

「…………」

「シンプルハートという人物は、物事をあるべき形に収めず、さらなる混沌《こんとん》を呼ぶように掻き回し自《みずか》らは姿を現さない卑劣な人間です。善行を下劣なものに貶《おとし》め、罪悪を相対化して無意味にしてしまう、まさに悪魔です。あなたはそんな者に好き勝手させておいていいと思いますか?」

「…………」

「あなたが今、乗ってきた車——あれは江原コーポレーションのものですね? あそこも関連企業との癒着《ゆちゃく》体質で問題になっていることは知っていますか? どうやら跡取り息子があなたと同じ学校にいるようですが、取り込まれると利用されますよ」

「…………」

紅葉は、考えている——。

(この人は今、私が乗ってきた車をあいつが運転していたことがわかっていない……運転手に気づかなかったのか、それともあいつ自身の顔とかは知らない、ということなのか。どうしようか……)

もちろんあいつについて、裏を知りたいという気持ちもある……しかしこの人が紅葉よりもあいつのことをわかっているかという点では、あまり期待できそうもない。

「あの私、急がなきゃならなくて——」

紅葉はとにかく、いったん落ち着きたくてそう言ってみる。するとミランダはうなずいて、

「わかりました。今すぐ決めるのは無理のようですね。でも心しておいてください。あなたは決断しなければならない。歪んだ邪悪に染まるか、綺麗な魂を守れるか、その境目に立っているのだ、ということを。どちらにしても覚悟が必要ですよ」

そしてきびすを返して、歩み去っていった。紅葉はしばらくその場にたちすくんでしまっていたが、やがて携帯電話が鳴り出す。母親からだということはわかっていた。

「——ふう」

ため息をついて、電話に出ながら紅葉はテレビ局の方へと足を向けた。

＊

え？　仕込みだったのか、って？

私はわからないですけど、そうだったんじゃないですか。色々と不自然だったし、あまりにもタイミングが良かったし。ただどっちの仕込みだったのかはわかりません。そう、あいつと〈アンティ〉とかいう人たちと。

罠《わな》、ですか。

そうですね、そうかも知れません。あいつはその罠にまんまと塡《はま》ってしまったということだ

ったのかも。

いや、そりゃあ、あいつはいつだって調子に乗ってるみたいですから、浮ついていて足下が疎《おろそ》かになっていたとしても不思議はないんじゃないですか。

……いや、私とはなんの打ち合わせもありませんでした。やらせの指示とか、台本とかはありませんでした。

……そんな風に言われても、私はただ流されていたみたいなところがありましたから、簡単に予想できたってことでいいんじゃないですか。手のひらの上で踊らされていたっていうか
——腹が立ちますけどね。

＊

「なんなの『だぶるトップ』って？」

「だからあなたがこれから出る番組よ。これまでもなんどか放送されてたのよ。知らなかった？改編期特番よ」

母親が業界用語を自慢げに使うのを聞きながら、紅葉はすっかり気分が暗くなっていた。

「なんで私なの？」

「いや、それがすごくラッキーだったのよ。本来は宣伝のために来日予定のハリウッドスターがゲストで出るはずだったんだけど、それが急にキャンセルになっちゃって。誰かいないか、

という話になって」

「それ、私に関係ないよね？」

「いいから聞きなさい。この番組って二人の出演者が向かい合って、お互いの話をするっていうトーク番組なんだけど、対決形式なのよ。対話するところを一般客に見せて、どっちがより説得力があったかを投票してもらうっていう」

「それをハリウッド俳優にやらせるつもりだったの？　通訳がいるじゃん」

まともな考えで企画したとは思えない配役である。決めたヤツは馬鹿じゃなかろうか、と紅葉は思った。

「いいのよもうその話は。で、その相手役には三浦陽介《みうらようすけ》くんが決まっていて、それは彼のイメージアップに繋がるからっていうことで、やっと決まったキャスティングだったらしくて。で、相手役が代わったってことになったら、どうも事務所が話が違うってゴネだしたらしいのね」

「みうら――って、皆が『うらっつ』とか呼んでるヤツ？　若いアイドルじゃん。説得力のある話なんかできるの？」

「失礼なこと言うんじゃないわ。彼はこれから報道番組にも出ようっていう話もあるらしいのよ」

「だから、そういうのって結構なキャリアを積んだ人がやるもんでしょ。うらっつとかまだ十代なんでしょ」

「だからいいのよそんなことは。とにかく陽介くんにふさわしい相手じゃないと契約違反で、違約金を払えみたいなことにまで発展しそうになって、で、そこであなたの名前が出てきたのよ」

「はあ？」

紅葉は顔をしかめた。

「あのさあ、それって馬鹿にされてんじゃないかな。しょせん女子高生だから、いくらでも説得できるって」

「理由なんかどうでもいいのよ。あなたは今が旬《しゅん》でしょ、話題も豊富だし。みんなあの話を聞きたいって思っているところだし」

「いや、私あのストーカー撃退話ってもう二十回ぐらいしてるんだけど」

「注目されているときはそんなものよ。気にしないの。とにかく陽介くんのスケジュールがあるから、今日収録しないといけないのよ」

「勝手な話ね――」

「いや、これはラッキーよ。チャンスだわ」

「アイドルってさあ、熱心なファンがいるから、二人で向かい合って話したりすると反感買うんじゃないの？」

「大丈夫大丈夫、あんたって人に媚び売るのだけは下手くそだから『色目使ってる』とか絶対に言われないから」

「…………」

母親はすっかり乗り気だ。これを無理に断ると、後でねちねちと、実に面倒なことになるのは経験上知っている。意地を張るのも疲れそうで、その気力が湧かなかった。

（うー……何やってんだろ、私……）

楽屋の隅に放り出したままだったバーガーの包みを母親が開いて食べる様子を見ながら紅葉は、自分が炎天下に晒《さら》されて溶けかけているアイスクリームみたいだと感じていた。

＊

アシスタントディレクターが手を振り回すと、客席の人々がいっせいに拍手を始める。

要はディベート大会みたいなもんなのか、と紅葉は思っていたが、セットはなにか喫茶店のような感じで、そこで向かい合って話すという風になっていた。もちろんセットなので、テーブルは台形で、ひとつのカメラで二人の顔を横顔でなく斜めに、一緒に撮れるようになっている。片方ががら空きになっているので、およそ非現実的な状況であるが、画面上は日常的な印象になるという仕組みだ。

「やあどうも、初めまして」

目の前で微笑む男は、確かに整った顔をしていた。

（頭ちっちゃいわねえ——まあ、さすがに学園の王子とはオーラが違うって感じだけど——なんか変だな？）

どうも、と挨拶を返しながら、紅葉は違和感の正体に気づいた。

このアイドルタレントは、彼女の眼を見ていない。カメラに映る視線の角度を守っているのだろう。

（さすがねえ。でも私は、別にそんな気を遣わなくっていいのよね）

紅葉の方は特にカメラに視線を向けずに、そのまま席に着いた。

「さて、どちらから話しましょうか？」

アイドルは向かい合わせになっても、やはり視線は別の方を向いている。しかしやりにくいということはない。どこを見ていいのかわからない相手と話すのは慣れているし、どうせ本気で話をして説得する気もない。花を持たせてやればいいのだろう。

「それじゃ、私からでいいですか」

と会話の流れのように言ったものの、実はこの辺は打ち合わせ済みだ。アイドルも当然のようにうなずく。

紅葉は慣れたもので、てきぱきといつもの話をする。緊張のあまり一人になりたくて衣装室に入った、というところでいつもツッコミを入れられるので、その辺で間を置くのがコツである。

しかしこのときは、そこをスルーされた。あれ、と思ったが促すのも変なので、そのまま話を進める。そして彼女がストーカーを追い掛けて部屋を出るときに手鏡を摑んだ、というところで、アイドルは一瞬ちら、と下を見てから口を挟んできた。

「それは、なんで鏡だったんでしょうね？」

「え？　いや別に深い意味はなくて、とにかくその場にあったものをなんとなく、反射的にだったと思いますが」

「そうですかね。違うんじゃないですか。もしかしたらあなたは、そのときに犯人が怖がるものを判断したのかも知れない」

「…………」

紅葉はまた違和感を覚えた。なんでこんな話をするのか、意図が摑めない。

（それに今この人、一瞬だけ間があった。たぶんイヤホンをはめてて、その指示をなぞっているんだわ）

話す内容を教えてもらっている、そういうことなのだろう。イメージが大切なアイドルなのだからフリートークにも台本があってもおかしくない――それは別にいいのだが、何かが引っかかる……。

「たとえば、ですけど――その場に拳銃があったとしたら、紅葉さんはそれを持っていったんでしょうかね？」

「え？　そう言われても……」

「いやあ、俺はそうは思えないんですよね。なんていうのかな、あなたには本当に強いものがあって、拳銃とかには頼らないような気がするんですよ。あのときの犯人は凶暴になっていたって話ですから、銃を向けられても怯まなかったんじゃないかって話もあります。効果があったのは、あなたが鏡を見せたように、犯人に自分の姿を客観的に見せることだけだったんじゃないか、って――あは、偉そうに言ってますけど、これってどこかの先生が言ってたことの受け売りですけどね」

彼が悪戯っぽく言うと、客席から笑い声が起きる。

「…………」

紅葉はますます、変だという感じが強まっていく。

「……いや、私はほんとうに適当でしたから、偶然うまくいっただけなんじゃないですか」

「そうかなあ、あなたには他人のことを見抜く不思議な才能があるんじゃないですか？　俺のことも見抜かれたりして」

「そんなことは——」

「俺って割と怖がりなんですよね。あなたは何か怖いものがありますか」

「私もそうですから、結構なんでも怖がる方ですけど——」

話しているのに、アイドルの視線は相変わらずあらぬ方を向いている。別の声を聞いている。

彼のこの会話は、誰かに演出されているのは歴然としていた。

「俺、子どもの頃にやたらと人形が怖かったんですよね。どこ見てるかわからない眼、って感じで。今は全然平気なんですけど」

「はあ、そうですか」

「どうですか、紅葉さんは人形とか怖くないですか」

爽やかな顔をして、微笑みながら言われる。だがその表情に見とれる余裕は紅葉にはない。

「…………」

もう間違いない——わざわざ人形とか言い出している時点で、他にあり得ない。

（こいつ――ていうか、この番組って……）

そして視線を手元の、アイスティーが入ったコップに落とすと、敷いてあるコースターになにか模様が描かれている……氷の入ったコップに隠れてよく見えなかったが、ちょっとずらすとその下から現れたのは、ニタニタと笑っているハズレ君のマークだった。

（あの野郎がこのアイドルに指示してやがってる……つまり、これは例の――）

あの取引とかいう対話の一環なのだ。

アイドル本人は全然わかっていないようで、見事なテレビ用の表情を崩さない。それはそうだろう、たくさん出演している番組のひとつの、その演出が誰かなんていちいち気にしているとは思えない。一生懸命に演じているだけだ。操り人形と同じだ。

（なんで、わざわざこんなところで……！）

「えーと、紅葉さん？」

「は、はい」

あいつが後ろにいるということがわかると、さん付けで呼ばれるのが実に気持ち悪い。

「怖いってなんでしょうね？」

「いや、だから――」

そういう話は前にもしたじゃねーか、と怒鳴りそうになるのをかろうじてこらえる。

「あなたは勇気があるから、ストーカー男のことは恐れなかったけど、オバケとかは怖いんじゃないですか？　幽霊とか信じちゃいませんか？」

「えーと……」

「ああ、すみません。話逸らしちゃったかな？」

「いや、別にいいですけど……」

「なんかの祟《たた》りとかいうじゃないですか。科学じゃ否定されているけど、ついビビっちゃいますよね」

「はあ」

「パワースポットとか、なんかあるような気がしますけど、根拠ってなんなんでしょうね」

「私は、そういうの信じてませんから」

紅葉はあれこれ考えてもしょうがないので、素直な考えを言った。

「へえ、そうなんですか」

「可愛げはないんですけどね、子どもの頃から占いとか全然ピンと来ないタイプでした」

「女の子なのに珍しいね」

「血液型はA型ですけど、よくO型っぽいって言われます。でも自分じゃB型のイメージが一番近いのかなあ、って感じで、正直そういうのもどうでもいいです」

「ああ、俺はAB型だよ？」

「ですから、わかんないんです」

紅葉がきっぱりとそう言うと、アイドルは一瞬だけ地が出て、とまどったような顔になった。

でもすぐに指示が出たようで、引き締め直して、質問を続ける。

「じゃあなんで、他の娘はそういうの信じるんだと思う？」

「他人は他人――って言いたいトコですけど、でも友だちとかが星占いが悪いって気にして、真剣に落ち込んでるのを見ると、なんとか慰めたいなあとは思うんで、私もそれは知りたい感じです」

「自分のことより友だちの方が気になるのかい。人間ができてるなあ」

「別にそうじゃなくて、一緒にいる人が暗いとこっちまで暗くなっちゃって楽しくないでしょう？　それじゃ嫌だってことですよ」

「どうなんだろう、他の娘も実は君みたいに思っているのかな？」

「つまり、他の人が信じてるみたいだから、自分も信じてるフリをしてる、って意味ですか」

「そうそう、時々いるじゃない。なんか凄く凝ってる人とか。風水がどうのパワーストーンがどうのってあれこれぶら下げてる人。あれ全部信じているんだとしたら、どれかとどれかはぶつかり合っちゃう気がするんだよね。でもその人はそんなこと気にしてないみたいで。あれって本心ではどれも心からは信じてないんじゃないかって思うんだよね」

「でも、他の人は信じてるみたいだから、きっと効くんだろう、って思っていると？」

「そうそう。多かれ少なかれ、みんなそういう傾向があるような気がするんだよね……」

喋りながら、アイドルの目線がだんだん怪しくなってくる。自分でも何を言わされているのか理解しきれないで混乱しているのだろう。紅葉は彼のことがちょっと気の毒になったが、しかし被害者は彼女の方であるから、配慮もできない。

「他人に影響されすぎで、ちゃんと意味を考えてないってことですか」

「意味っていうのか、だから……根拠だよ。その占いとかがどこから来たのか、ってことを気にしなさすぎじゃないのか、って」

「それは星占いなら生まれた日、ってことでしょうか」

「いや、そうじゃなくてさ……自分がなんで、そういう占いを聞いて動揺しちゃうか、ってことだよ、この場合は。そう、それが根拠」

「受け手の問題ですか」

「つまり占いってのは気分次第ってことだよ。運勢が悪いときに気をつけろっていうけど、それって別に、いつだって気をつけた方がいいってこともあるし……」

アイドルの眼がまた泳いでいる。どんどん指示を出されて、ついていくのに苦労しているのが見え見えである。

「逆にラッキーなときだから前向きに生きられそう、ってのもそうだろ。いつもそう思えればこれに越したことはない——占いはそれを後押ししてくれるものなんじゃないかな」

言い終わって、思わず〝どうだ〟って顔をしてしまっているアイドルを見て、紅葉はご苦労様です、と心の中で褒めてやった。そして、

「でも気のせいでしょ、結局」

と、一言でばっさり切り捨てると、アイドルは〝もう俺が喋るの〟という表情を一瞬だけ見せて、でもすぐまた言葉を続けないわけにはいかないので、

「えーと……だから」

何度か瞬《まばた》きをして、息を吐いて、

「それじゃ、気のせいじゃないことって人生にどれくらいあるんだろうな、ってこともあるんじゃないかな」

「なんでも気のせい、ですか」

「いや、気のせいって言い方はアレだけど……一生懸命仕事したりするのって、やっぱりその後でいい気分になりたいから、っていうのはあるよね。俺はそういうところがあるし、君だってその辺は同じなんじゃないかな」

「別に受験のために勉強してても、いい気分にはなれませんけどね」

「いや、それだって合格すればきっと気持ちいいんだよ。気分を良くするために人間は生きてるって言えないかな？」

「広く言えばそうなんでしょうね」

「そうだろ？」

「でもそれと占いでごまかすってのは違うと思いますけど」

紅葉がすぐに短い言葉で反論してしまうので、アイドルには休む暇がない。だんだん顔色も青ざめてきているような気がする。

「……えと、ごまかすって言うけど、君だって世の中のことを何でもかんでも知ってる訳じゃないだろ」

「そりゃそうですよ」

「不安だってあるだろ。それをちょっとだけ軽くしてくれるんだよ」

「気楽に受け入れればいいんだ、っていうのは私も賛成ですけど」

「もしかしたら、君は損しているのかも知れないよ」

「私がですか？」

「君の友だちなんかは、占いでドキドキしたりできるけど、君は白けちゃうんだろ。その分の感動がないってことになる」

「そうですかね」

「心に潤《うるお》いがないのは確かだろ。冷静ぶって、友だちのことを内心でちょっと馬鹿にして」

「いや、そんなことはないですけど……そう思われちゃって、誤解されることはあります。違うんですけどね」

「君も、彼女たちと一緒にドキドキすればいいじゃないか。それはなんか、意地を張ってるだけって気もするよね」

アイドルはもう彼女のことをほとんど見ていない。カメラ写りを意識しているのかどうかもわからない。眉間に皺を寄せて、真剣そのものの顔をしている。結構、画面上では頭が良さそうに見えるかも知れない。紅葉は少し微笑んでしまう。

手元では、ハズレ君のマークがニタニタ笑っている。今、彼女のことを嘲笑っているのはこいつだった。こいつには心底腹が立つ。だから退く気にはなれない。

「さっき、あなたが言っていたことと違ってませんか、それ。みんな根拠を気にしなさ過ぎだから、考えた方がいいって言ってましたよね」

「いや、それとこれとは——」

と言いかけて、しかしアイドルはふいに口をつぐむ。指示が出る前にとっさに反論しかけて、それを制されたのだろう。すぐに唇の先を舌で舐めて、切り替える。

「——まあ、そうだね。矛盾してるかな。でも必ずしもそうじゃないんだよ。自分の気分にもちゃんと向き合った方がいいってことで。気分っていうと、なんかすごくふわふわしたもののような感じがするけど、それだってやっぱり根拠のひとつには違いないんだからさ」

「どういうことでしょうか」

「え、えと——そう、自分がどんな気分なのか、それをちゃんとわかってる人って少ないと思うんだよね。いや、俺だって偉そうに言ってるけど、なんか意味もなくむしゃくしゃするときがあって、その根拠がわからなかったりするよ？　でもそこで無理矢理落ち着くんじゃなくて、もっとむしゃくしゃして、腹立てまくって、その理由がわかるまでムカムカし続けたりするんだよ」

絶対に自分ではそんなことしてないだろう彼は、しかしもう言われたことをそのまま言う以外のことができなくなっているようだった。

「そうやって根拠を探っていけば、色々なものに意味を見出せるようになれるんじゃないかな」

「難しそうですね」

「そうだね、難しい——」

つい本音をぽろりと零してしまったアイドルは、すぐにはっと我に返って、

「——ちょっと話が戻るけど、君が例の花嫁襲撃犯に立ち向かったとき、拳銃があっても使わなかったんじゃないか、って俺は言ったよね」

「ええ。それはどうかわからないですけどね」

「君は銃には頼らないだろう、っていうのは単純な〝暴力〟に君が根拠を置かないからじゃないかってことで、でもそういうのって、実はすごく難しいことで」

「……………」

「相手が包丁で来たら、こっちは日本刀だとか、より強いもので対抗しようとしちゃうんだよね。ふつうは。でも君は、そこで相手に自分のことを思い知らせるような、まったく別の対抗手段を取った——そこがすごいと思うんだよ。根拠が違っている。みんな単純に考えちゃうじゃない、愛する人を守るには力が必要だ、とかさ。でもその力がさらなる不幸を呼んだりするんだよ。君があの場で拳銃を使っていたら、流れ弾で死人が出ていたかも知れない。でも鏡なら、犯人にしか効かない——根拠を見極めるってのはそういうことだと思うんだよ。君はやっぱりすごかったんだ」

「……ですから、偶然なんですけど」

紅葉は辛抱強く前と同じ反論をするが、アイドルはイヤホンから聞こえてくる声をなぞるのに精一杯で、彼女に反応する余裕がない。

「今さあ、ニュースとか見ていても気が滅入《めい》るような話ばかりだよね。不景気とか、それこそ戦争とかさ。つい簡単に考えてしまうよね。どこかに悪い要素があるから、それを取り除けばなんとかなるって。でも経済も戦争も、自分たちだけじゃなくて相手がいることなんだよね。相手がどういう風に思っているのか、経済だったらお客様とか、投資家とかの立場や状況を知らなきゃまずいよね。そういう色々な根拠、それを見極めることが必要だと思うんだよ。単純に〝相手より上回ればいい〟とか〝勝たなきゃ始まらない〟とかじゃなくてね」

もう完全に科白である。フリートークって建前じゃないのかな、と紅葉はつい心配してしまう。

「……私はただ、無我夢中で偶然そうなっただけですけど、それがすごかったってことがわかる、三浦さんの方が頭いいですよね」

面倒になってきて、相手のことを褒めてみる。

「三浦さんはそういうことあったんですか。誰かと争って、勝ち取ったときのこととか。オーディションみたいな」

「え？　俺？」

アイドルは本気で虚を突かれて、完全にぼけっとした顔になってしまった。客席から、かわいーい、という歓声が上がる。

「そうですよ、私の話はもうこのくらいでいいでしょ。三浦さんもエピソード披露してくださいよ」

紅葉は投げやりにそう言った。すると三浦はしばらく絶句してしまう。指示が来ないのだ。

（おやおや——もう向こうもやる気なくなったみたいね）

紅葉はストローに口を付けて、アイスティーをずろろ、と吸い込んだ。コップの下のコースターは結露《けつろ》が流れ落ちて、すっかりヨレヨレになっていた。

＊

——その後は適当に話が続いて、客席判定で当然の如《ごと》く紅葉は僅差《きんさ》で負けて、やっと彼女は解放された。

「あーっ、無駄に疲れた……」

ぼやきながら楽屋に戻ってくる。母親はどこかに行っているらしく、誰もいない。紅葉は畳《たたみ》敷《じ》きの上にごろり、と横になった。天井はとても低い。薄いグレーの面が今にも落ちてきそうだった。

頭の中がもやもやしている。甘いものが欲しかった。でも今食べると胸焼けしそうな気もした。なにも受け入れられない感じだった。

「うー……」

声を出しているという自覚のないうちに、喉から獣のような声が勝手に漏れる。もしかして、自分は今、周囲に対して吠えまくりたい気分なのだろうか、と紅葉がぼんやりと考えていると、ドアにノックの音がした。硬い音だった。嫌な予感がした。

「……どうぞ」

「失礼します」

と言って入ってきたのは、さっきの外人女性、鳴滝ミランダだった。

「陰から拝見していましたけれど、とても立派でしたね。負けたのは残念でしたけど」

「まあ、ああいうところでは私のようなぽっと出のゲストは勝たないいんですよ。そういう決まりになってるんです」

「それなのに、あんなに真面目にやるんですか？」

「別に勝つのが仕事じゃありませんから――それより、何か用ですか？」

「いえ、さっきも説明しましたが、あなたにわかっていただきたくて。そう――シャーマン・シンプルハートのことを」

「関係ないんですけどね――」

この人はやはり、あんまり知らないんだなとしか思えない。今の番組収録の最中にもあいつが介入していたのもわかっていなかったようだ。

（ていうか、本人には会ったことがない、とか？）

紅葉がそう思ったら、それを見透かしたように、

「私自身も、その人物には直接会ったこともなければ、顔も知らないのですけれど。でも私はその人物に特別な感情を持っています」

と言った。紅葉が眉をひそめて、

「特別な感情——？」

と訊き返すと、ミランダはうなずいて、

「彼は、私の息子を殺したんです」

と言った。

*

……ええ、そう言っていました。

絶対に許せない憎い仇《かたき》だ、って。

いや、説明は聞いたんですけど、正直疲れていたし、具体的な名前はよく憶えていません。

とにかく、それは食品偽装の問題に関わっていました。

ミランダさんの赤ちゃんが、絶対安全のはずのお菓子を食べて、それで死んじゃったって。最初は病院で〝感染症だ〟とか言われて、でもどうも症状が違うって色々調べたら、そのお菓子が怪しいってことがわかって——いや、だから私はあのときに一回、本人から聞いただけでメモも何もしてませんから、細かいことは忘れてしまいました。材料が輸入品だったのか、外国で作ったものだったのか、有機野菜だとかいいながら土壌そのものが汚染されてたって話だったか——後から知った話とごっちゃになって、どれだったかよくわかりません。

それで問題になったんですけど——そのときにはもう、その製菓会社がなくなっていたんですね。

そうです。でびる屋だったそうです。

問題が起きそうだということがわかったので、それが表沙汰になる前に会社ごと消してしまっていたらしいんです。実は裏にはそこに投資していた大企業がいたらしいとか、ミランダさんは色々言ってましたけど、もう耳を素通りって感じで、ただ圧倒されてしまって……。

……そこまで言ったところで、彼女は少し口をつぐんで、目の前の男のことをちら、と見た。

「——でも、この辺のことはあなたがたの方が詳しいんじゃないですか？」

そう言ってみると、その少年のような男は、

「——あ？　なんか言ったか」

と気のなさそうな返事をした。

「いや、だから——」

「ああ、俺は、その辺のセコい話はどーでもいいから知らないな。とにかく、おまえは知ってること、思い当たることを一通り全部説明しときゃいいんだよ。ホレ、話を続けろ」

足を組んでふんぞり返っている男は、テーブルの上に置かれている録音装置をちょいちょいと靴の爪先で指して、投げやりに促した。胸元にぶら下げているエジプト十字架のペンダントを弄《もてあそ》んだりしていて、話をまともに聞く気があるとはとても思えない態度である。

「はあ——」

彼女は落ち着かない気持ちのまま、話を再開した。

……ミランダさんが言うには、でびる屋は自分の子どもを殺したも同然、いやその罪を追及するのを遮っているのだからもっと悪い、ということらしいです。ああいう連中がいるから偽装がなくならないのだ、って……逆恨みっぽいけど、でもなんか私も反論する気はなかったですね。気持ちはわかるような気がします。

それで、彼女は同じような思いを持っている人たちと協力して、でびる屋のことを調べていったっていうんです。その中で徐々にわかっていったっていう、シャーマン・シンプルハートの過去を、彼女は私に説明してくれました——。

＊

彼の経歴を辿ろうとしましたが、すべてが伝聞情報のためはっきりと出自《しゅつじ》を特定することはできませんでした。

しかし、彼が生まれた国がきわめて不安定な情勢下にある土地であることはわかっています。何故かというと、彼の仕事の財源がそこから始まっているからです。

戦火によって破壊された街——その復興のために国連主導で資金が集められたのですが、それがどこかに消えてしまうという事件がありました。何年もその行方は知れなかったのですが、最近になってそれがどこに行ったのかがわかってきました。

その国の元政府高官が亡くなったのですが、彼のところに残っていた書類にその痕跡がありました。換金できなかった小切手が残っていたのです。

そこに書かれていた取引先の相手の名前がイェンセン・イェーガーでした。この後いたるところに現れる夥《おびただ》しい偽名の最初です。この名前の人間は世界中に七十二人いますが、いずれも彼とは無関係の同姓同名でした。

その小切手の取り扱い先を調べると、今度は医薬品の横流しが見つかりました。これも後でわかったのですが、その医薬品はすべて期限切れの不正品でした。それを正規品であるかのように装って取引していたのです。ここでシャーマン・シンプルハートの名前が出てきます。呆《あき》れたことに警察に被害届が出ていたのです。詐欺《さぎ》にあった、と言って。もちろん自作自演です。このような事例が後から後から出てくることになり、そして広がっていったあげくに追跡はどんどん困難になっています。


……いや、もちろん犯罪であるという証拠は残っていません。国も複数に跨《また》がっているので、あるところでは罪になることが別のところでは慈善事業扱いになることもあります。人身売買のことです。働き口を紹介してやるといって故郷から引き離される子どもがいるのです。売るのはもっぱら親ですから、根絶が難しいのです。そういうものを仲介する組織は至るところにあるのです。

二十年ほど昔のことです。ある国でビル火災がありました。それはもう、見事な炎上で、最上階にいた者たちは一人残らず死亡しました。建物が途中から崩れるような燃え方で、この前も似たような火事がありましたね。

そこは、いま言ったような組織のひとつの、その本拠だったようです。だがすべてが燃えてしまったので、それ以上の追及は不可能でした。

ただ、その組織が関わっていたのが、先ほどの戦争に巻き込まれた街の復興でした。ええ、そういうことは多いのです。綺麗事ではない上に危険も多いので、ギャングまがいの連中が関係してくるのは普通のことなのです。ただその関係者たち、特に上層部のものは皆知られていましたから、死体から身元は割れて、死亡が確認されていたのです。

関係者が全員死んでいるのに、そこの不正は続行されたというのは、誰かが情報とやり方を盗んだということで、それが可能だったのは、ごく限られた者だけです。それで、シャーマン・シンプルハートの出身地がわかったのです。

いや、そうではありません。彼が人身売買をしていたのではなく、彼がその売られた子どもの一人だったようなのです。その記録がまったく別の場所——つまり子どもを売り払った者たちの方に残っていました。それは宗教上の理由、または居留地の確保のためなどで争っている者たちの間で捕虜とした者たちの処分についての記録でした。一つの村を焼き払った際に、親たちが隠していたために子どもが数十名生き延びたというのです。最初は皆殺しにしようとしたところを、売れるからということで生命だけは助けたという話でした。その領収書があったのです。もちろん名前などは残っていませんでした。

悲しいことですが、この手の残虐行為の被害者だった子どもは、容易に次の加害者となるのです。彼の場合はその中でも特別ですが――その悪辣《あくらつ》さと狡猾《こうかつ》さに於《お》いて、他に例を見ません。

彼を哀れむのならば、直《ただ》ちにその罪を償わせるべきです。彼がやっていることは世界に嘘と誤魔化しを蔓延《まんえん》させ、自分と同じような被害者をさらに増やすことです。違いますか？

＊

「…………」

紅葉は問われても、返事ができなかった。

頭の中の整理が付かなかった。聞かされた話がショックだったとか、そういうことでもなかった。いや、もちろん恐ろしい話であり、信じられないようなことでもある。

しかし、そういうことではなく――。

「……ええと」

おそるおそる、声を出してみる。

「その……売られたっていう、他の子どもたちはどうなったんでしょうか」

「わかりません。ですが、そういう子どもはほとんどの場合、五年と生きられません」

「……でも、その——」

「そうですね、彼は例外でしょうね。それは残念ながら彼が幸運だったからでなく、より邪悪だったから、ということに他なりません。善良なる者はいつだって犠牲になるのです」

「…………」

また、言うことがなくなってしまう。するとミランダは立ち上がって、

「今すぐに立場を決めてくれ、とは言いません。ですが、よく考えておいてください。自分が何に荷担させられているのか、ということを。この息苦しい世界を変えられるかどうかは、あなたたち一人一人の自覚に掛かっているのですから」

と言い残して、その場から去っていった。

「…………」

紅葉はひとり、ぽつん、と取り残された。

かりかりかり、という変な音がするので、何かと思ったら自分が親指の爪を噛んでいた。それは小さい頃にあった癖で、母親からやめろやめろと言われて、いつのまにかしなくなっていたのが、また復活していた。

それはやれと言われたことをちゃんとやったのに、後で怒られたりしたときにしてしまう癖だった。理不尽な目に遭っている、と感じるときに、つい囓《かじ》ってしまうのだった。

綺麗に整えられて、マニキュアが塗られていた爪が、どんどんギザギザになっていく。しか

し、やめられない。

「…………なによ、なによ、なによなによなによ……なんなのよ、もう……」

胸の奥がむかむかして、苛立っているのだが、何に怒っているのか自分でもよくわからない。

そんな中で、こんこん、とノックの音が響いたので、紅葉はぎょっとしてしまった。続いて少し抜けた声で、

「すいませーん、葛羽さーん。そろそろ出番ですから用意お願いしまーす」

と呼びかけられた。紅葉は血相を変えて、

「はあ？　なんでよ？　もう出番は終わったでしょ！」

と叫んでしまった。ドアを開けると、女性のＡＤがびっくりした顔で立ちすくんでいる。

「い、いや、あの……」

「なんかの間違いでしょ？　もう私は用なしのはずよ」

「え、えと――エンディングでして……出演者はみんな出ることになってて……」

おどおどしている彼女を見て、紅葉は気勢を削《そ》がれた。

「――ああ、そう……そうなの？　そうだっけ――」

しかし事前に渡された台本にはそんなことは書いてなかったような気もしたが、文句を言ってもしょうがないのだろう。

「わかったわよ。行きゃいいんでしょ、行けっていうなら行くわよ。ごめんなさいね、怒鳴ったりして」

「あ、あの、少しぐらいなら余裕ありますけど――メイクとか直すのなら……」

「別にいいです、そんなの」

紅葉は靴を履きながら、投げやりに言った。

収録スタジオに戻ってみると、どうやら彼女の相手だったアイドルタレントが、勝ち抜き戦みたいなものに勝利して、優勝したらしい。賞金パネルみたいなものを抱えて、ディレクターと話しているのが見える。彼は入ってきた紅葉のことを見ると、笑いながら手を振ってきた。なんだかやけに愛想いいな、と思ったが紅葉は別に笑い返したりはせず、ぺこ、と軽く頭を下げるにとどめる。もう色々と面倒くさくなってきていた。

(義理は果たしたんだし、端っこに立ってりゃいいんでしょ――)

そう思いながら、指定されたステージの上に立つ。

どうやら総合評価とかをやるらしい。順位を決定するのだろうか。そんなことをしてなんの意味があるのかしら、と紅葉はすっかり白けている。そんな彼女の様子を見て、スタッフのところにいる母親が〝もっと笑え〟というような顔をしてくるが、そっぽを向いてやった。もう充分だと思っていた。

「――えー、それで見事に一位になって、賞品を獲得した三浦陽介さんなのですが――」

司会者が彼にマイクを向けると、照れ笑いを浮かべたアイドルは、

「出ておいてなんなんですけど、すいません。僕はこの賞品を受け取れないんです」

と爽やかな口調で言った。客席から指示された「えーっ」というわざとらしいどよめきが起

きる。

「はい、実はこの招待状の日時が、ちょうど全国ツアーの真っ最中で、とてもじゃないけど僕は出席できないんですね」

「それは困りましたねえ。それじゃあ、この豪華な賞品は誰のものになるのでしょうか」

司会者は一歩前に出て、

「客席の皆さん、それじゃ改めて、皆さんが〝この人がふさわしい〟と思う方の番号を押してください。それじゃ、スイッチオン！」

と言った。紅葉がなんのことだろうと思っていたら、突然、彼女の後ろのライトが眩しく輝いて、きらきらと点滅した。

「はい、おめでとうございます！　判定の結果、みごと豪華客船〈ナイツ・イン・ホワイト・サテン〉除幕式——処女航海記念イベントのオフィシャルゲスト招待券を獲得したのは、葛羽紅葉さんです！　皆さん盛大な拍手を！」

＊

……仕込みだったんですかね。もうどうでもいい気もします。とにかく私は、あの船に乗せられることになってしまいました。

結局、どこにも辿り着くことのなかった航海に——あの巨大で空っぽな幽霊船で。

SIXTH SESSION

『きっと、自由について』

……総重量は二〇〇、〇〇〇トンを超え、あのタイタニックの四倍強の規模を誇る豪華客船〈ナイツ・イン・ホワイト・サテン〉は、同種の船舶が既に就航していることもあり、差別化のためにより話題性の高い営業戦略をとることになっていた。

それは〝低俗化路線〟とでもいうべきもので、それまでは限られた顧客相手の商売で、超高額な乗船料金を設定していたのが、オプションの有無にもよるがおよそ四分の一にまで価格を下げることが決められたことで、より大勢の人間にアピールする必要が生じたために、積極的な広報宣伝活動をする、というものだった。具体的には各プレスを積極的に招待し、代理店との結びつきを強化し、さらには目玉としてサクラの有名人を多く乗船させて「あなたも一流セレブの世界の仲間入り」というような幻想を強化する、等々である。

かつては金持ちが煩《わずら》わしい世間から離れてくつろぐ高級リゾートというイメージだった豪華客船クルーズを、一般人のちょっとした贅沢《ぜいたく》、比較的安価でセレブ気分を味わえる海のテーマパークにするというのが基本コンセプトで、そのためにかつてない規模の〝プレミアセレモニー〟が企画された。それは各国の映画スターやテレビタレントを招待して、オリンピックの開会式のような派手な催しを行う、というものだった。世界中の港を回って、その度《たび》にイベントを開催するという。

葛羽紅葉が招待されたのは、その一番最初のイベントであった。

もちろん客としてではなく、広告の一部で中継のためにテレビ局がついてきた。賞品とか言っていたが、結局はただの仕事である。知らないうちにオーディションに参加していた形になるが――

(……なんか、馬鹿らしい話だわ)

紅葉は用意されたホテルの一室で、深々とため息をついていた。

「どうかしたの、紅葉」

そう訊いてきたのは、友人を連れてきてもいいと言われたので招待した久嵐舞惟である。一人では心細かったので、親友を呼べたのはせめてもの救いであった。

「ううん、なんでもない。でもさ、なーんか気が重くってね――」

「紅葉がそんなんじゃ、オマケの私はどうするのよ」

「いっそ舞惟がゲストで出たらどうかな」

「あはは、いいかもね。みんなから〝ありゃ誰だ〟って注目されたりしてね」

「そうそう、話題を独占できるんじゃないかな。私なんかよりもずっといいわよ、きっと」

紅葉が自嘲《じちょう》気味に笑いながらそう言うと、舞惟が、

「……ほんとに大丈夫?」

と心配そうに彼女の眼を覗き込んできた。紅葉はつい気が弱くなって、

「ねえ舞惟、夢ってなんだろうね」

と訊いていた。

「え？」

「みんな言ってるわよね。夢のために努力するとか、頑張れば夢は叶《かな》うとか。テレビに出たくって、タレントになりたくて一生懸命にバイトしてオーディション受けてる人はいっぱいいるはずよ。でも私はそんなこと全然なしに、気づいたらなんだか目立っちゃってる。こんなこと一度も夢みたことないのに」

「いや、だからそれは、さ」

「私はその人たちの夢を奪ってるのかしら？　でも私はもう、なんとなくわかってきてる。そんなに夢みるほどの綺麗なところじゃなくて、むしろ憧れとか希望とかを持っていると邪魔なくらいの、そういう場所なんだって。だからテレビに出たがっている人がほんとうに出た後でどうなるかも、なんとなくわかる。みんな心の中で宝物のように大切にしていたものをゴミのように扱われてもへらへらしていられる、そういう割り切ったものになってしまう」

「…………」

「それがやむを得ないことなのか、現実ってそういうものってことなのか、そんなことはわからないけど……でも、だったら最初の夢っていうのも、間違っているんじゃないかしら？」

「…………」

「私に憧れるっていう人なんかもいるのよ？　馬鹿じゃないのって思うわ。そんな夢は絶対に間違ってるわ。夢を叶えろって煽られて、なんかの商品を買わされてるだけだわ。努力っていうのは結局、他のずるがしこい誰かに搾《しぼ》り取られているだけよ。私の着てる服を買え、私の聴いてる音楽を聴け、私の摂《と》っているサプリを飲め、私のしているダイエットをしろ……なんなのよもう、こんなの夢じゃないわ。いったいほんものの夢ってどこにあるのよ？　身勝手な欲望じゃない夢は——」

ひとりでに言葉が次々と溢れ出してとまらない。紅葉の肩はぶるぶると震え始めていた。

そこに舞惟が、そっ、と手を載せて、

「——もういいよ、紅葉」

と、やさしく抱きしめてくれる。

「無理しなくていいよ。疲れてるんだね。大丈夫だよ、私なら、いつでも側にいてあげるからさ」

「——うん、うん。ごめんね舞惟、ありがと、ありがとう——」

紅葉も舞惟のことを抱きしめ返した。その温もりに思わず涙が出そうになる。

「舞惟は関係ないのにね。変なこと言っちゃってごめんね。弱音なのよね、結局——」

紅葉はだんだん落ち着いてきた。この親友が横にいてくれなかったらどうなっていただろう、と彼女は思った。精神の均衡を失って、変なことになっていたに違いない。薬物に逃げる人の気持ちが今ならわかる気もした。

そうこうしている内に、時間が迫ってきた。明日の除幕式を控えて、今日は前夜祭をやるのだという。

(ていうか、各国で除幕式をやるってどういうことなのかしら。最初の一回だけでしょ、ふつうは。話題をつくるにしても無理矢理過ぎない?)

半《なか》ば呆れながらも、紅葉は指定されたドレスを着させられて、髪をセットされた。鏡の中に映っている姿は自分ではないみたいだった。

桟橋《さんばし》に係留されている船は、近くで見るとおそろしく大きい。ライトアップされて、下から照らし出されているのでますます大きく見える。

船名の〈ナイツ・イン・ホワイト・サテン〉の文字が純白の船腹にレリーフとして刻まれている。名前の通りに、夜にこそ美しいのだろうか。紅葉には比較するものがないのでなんとも言えない。しかし見上げると、その巨大さに圧倒されるものはある。ただ感動に震えるというよりも、威圧される感じではあるが。

レッドカーペットがパーティ会場に続いていて、その上を歩くようにと指示される。マスコミがカメラを向けている中を歩くのは何度経験しても慣れることができない。

一般にもある程度開放されているので、見物人が周りにたくさんいる。それに向けてスピーカーで船のことを説明する声が繰り返されている。

『……でしょう。この〈ナイツ・イン・ホワイト・サテン〉には世界一の充実度を誇る船内設備があります。各国の一流シェフの料理を提供するレストラン、バーはもちろんのこと、世界の一流ブランドが並ぶショッピングモールには、必ずや皆様のご期待に添える逸品があるでしょう。各種劇場では毎日異なるプログラムで皆様を楽しませます。しかもその模様はそれぞれの客室でも生中継でくつろぎながらご覧になることもできます。様々なアミューズメント施設も用意されていて、小さいお子さまにも満足いただけることでしょう。プールやテニスコートでスポーツをお楽しみ頂いた後にはスパやサウナで疲れた身体を優しくほぐして……』

とにかく豪華らしい。ほとんど海の上に観光地をひとつ創ってしまっているようなものだ。

(でも、なんだろ……)

紅葉にはなにか違和感がある。それが何に由来しているのかはわからないが……周囲のスタッフにちくちくするような緊張感があるのだが、それがなんだかマイナスの気分のようなのだ。これから売り出そうというには、ちょっと覇気がないというか。

紅葉はレッドカーペットを抜けて、パーティ会場として用意された建物に入ろうとしたところでもう一度、桟橋の方を向いた。

その照らし出された船体を——そこで、何かが動くのが眼に入る。

かなり遠くだったのに、どうしてそうだと思ったのか——しかし紅葉には、それがはっきりと見えた。

他とは離れた場所にある、乗務員用の狭い入り口に掛けられたタラップを通って、一人の男が船内に入っていくところが。

他の部分が照明に照らされているのに、そこだけは妙にぽっかりと影が落ちていて、ほとんど視認などできないはずなのに、紅葉にはわかっていた。今のは——

(シャーマン・シンプルハート……!)

そう確信したときには、もう紅葉は足を動かしていた。

「ああ、ゲストの方はこちらに――」

というスタッフの制止が背後から聞こえたが、彼女はそれを無視して、立入禁止のチェーンが掛けられている中に入り込んで、そして駆け出していく。ヒールの高い靴は邪魔なので、途中で脱いでしまってストッキングだけの裸足で走っていく。

必死になっていた。

あの男の姿を見かけたからには、どうしても会わなければならないという気持ちが心の中に充満していた。

追ってきている人がいるのかいないのか、それさえ確認しようとせずに彼女は、その船内に続く狭い出入り口をくぐって、中に入った。

＊

「…………」

通路を少し進んだだけで、違和感はどんどん大きくなっていく。

暗すぎる。

照明らしい照明がなく、小さな丸い船窓から差し込んでくる外の光くらいしかない。足下さえも怪しい。それでもその床が鉄板の剝き出しで、タイルさえ敷いていないことは感触でわかる。

「…………」

通路は延々と続いていたが、数分歩き続けたところで行き止まりになった。

壁をあちこち触ってみると、横に扉があるのがわかった。ノブはないが指を引っかける凹《へこ》みがあった。どうやら引き戸らしい。

ボタンを押しながら力を入れると、がこん、という音を立ててロックが外れた。

扉がスライドして、そしてその向こうに見えた光景に、紅葉は「ふう」とため息をついていた。

やはり照明はない——頭上に広がる星空と月明かりが照らし出しているだけだ。広い広い空間が開けている。

「…………」

その中へ、紅葉は歩み出ていく。

〈ナイツ・イン・ホワイト・サテン〉の優雅で豪華で人々を華麗な夢の世界に誘うという、そのメインデッキに。

充実のアミューズメント施設と称している箇所なのであろう、回転木馬らしきものが見える。

「…………」

らしきもの——そう、そうとしか言い様がない。

その木馬には、厚みがなかった。ぺらぺらのベニヤ製の看板に過ぎなかった。カラーコピーを貼りつけてあるだけだった。

木馬だけではない。その周囲にあるすべての施設が同じだった。プールは水色のビニールシートが広げてあるだけで窪んですらいないし、滑り台はフレームを模したロープを吊しているだけだ。

映画のセットのようだというのは、映画に失礼だろう。これで騙せる人間などこの世にいるとは思えない。

「…………」

紅葉が無言で、木馬の看板を撫でていると、少し離れたところに置かれていたブラウン管モニターが、ぶうん、と音を立てて起動して、そこに一つの影が映った。

「——あんまり驚かないんだな？」

そう話しかけてきたのは、もちろんハズレ君人形だった。

＊

「驚きはないわよ、そりゃ」

紅葉はふてくされ気味に肩をすくめる。

「だってこれ、いつものやり口じゃん。あれでしょ、豪華客船を造ると称して金を集めたのはいいけど、目処が立たなくなって、あんたに誤魔化してくれって依頼が来たんでしょ？」

「ご名答、と言いたいところだが、もうちょっと駄目な話だ。回収のしようがない債権がありすぎて、それの投資先として架空の豪華客船をつくるという贋物《にせもの》の計画が立てられたって話だから、そもそも最初から金が集まってさえいない」

ハズレ君の映像はノイズがひどく、時折がたがたと画面が上下にぶれる。

「この廃船があったからでっち上げられた計画だ。もともとはタンカーだったんだぜ」

「保険金を吊り上げるだけ吊り上げて、また燃やしちゃおうって計画？」

「まあそんなところだ」

画面の中で人形の身体が右に左に揺れている。紅葉はその見えづらい映像を眉をひそめながら睨む。

「遠くから見えるところを取り繕《つくろ》っているだけなのね。近くに来たらボロボロって——」

「何かに似ている、か？」

挑発的に訊かれるが、紅葉はこれにもう腹が立たなかった。彼女は静かに、

「私に似ているわ」

と言った。

「ほ？」

「そして、あんたにも似ている」

「吾輩がしていることだから、吾輩に似ているのはその通りだが、自分自身にも似ていると感じるのは何故だい？」

ハズレ君は画面の中で首を横に傾けた。紅葉はこの問いには答えず、

「どうして私をここに呼んだの？」

と訊いた。

ふむむ、と人形は少し身をよじって、

「呼んだ憶えはないなあ。君が勝手に来たんだぜ」

「私が来ることはわかっていたはずよ」

「君は来る気でいたのかい」

「来たくなんかなかったわ」

「君が考えもしなかったことが、どうして吾輩にわかるんだい」

「それは——」

紅葉は言いかけたが、途中で少し言い淀んだ。そこに声が被さる。

「君は、なにか言い難《にく》いことがあるみたいだな。らしくもなく、吾輩に隠していることがあるんじゃないのか」

「別に、隠してなんか——」

紅葉は文句を言おうとして、また口ごもる。しかし結局、意を決して、

「——ねえ、あんたは鳴滝ミランダさんって人を知ってる？」

と訊ねてみた。するとハズレ君人形の動きが一瞬、かくん、と停まる。

「――――」

そして、ぶつっ、と音を立ててモニターが切れてしまう。

「え？　ち、ちょっと――」

紅葉は焦ってモニターに近寄る。しかしスイッチらしきものをいくら操作しても、うんともすんとも言わない。壊れてしまったようだった。見るからにぼろく、廃品利用らしいので不自然ではないが、いかにも妙なタイミングではあった。

「な、なんなのよ――」

紅葉が動揺していると、遠くの方から、

「おーい」

という声が聞こえてきた。ハズレ君の声である。はっとなって、その声の方を向く。

「おーい、こっちこっち」

メインデッキの向こう側で、別のモニターが点灯しており、その中で小さな影が手を振っている。

「――どうなってんのよ？」

不機嫌な声を上げながら、そのモニターのもとへ駆け寄る。

「悪い悪い。どうにも機械が古くて」

「いや、そんなのわかってたんでしょ？」

「まあまあ、機嫌を直して。それよりさっきの質問だが、あれだろ〈アンティ〉の連中のことだろ。あいつらが君に接触してくるかもとは思っていたが、なにか言われたようだな」

あっさりと認めてしまう。紅葉は渋い顔になり、

「——あんたのことを色々と教えてもらったわ。その……昔のこととか」

「おいおい、まだそんなことを言ってるのか？」

「え？」

「連中が知っているのは、せいぜいがシャーマン・シンプルハートのことだろう？」

「せいぜい、って——」

「可哀想な過去を持っているらしいが、それ以上にあくどいことをしすぎている、彼のことを思うならば罪を償わせるべきだ、とかそんな風な、どーでもいいよーなことを言ってたんだろ？」

「……やっぱりそうなの？」

紅葉がおずおずと訊いても、ハズレ君の操作者は声をまったく変えずに、

「それはどっちだろうな？」

と訊き返してきた。

「どっち、って……」

「そんな風なことがあったから、こいつカワイソーな奴っていう同情か、それとも、そんな風な壮絶なものを経験している奴には敵《かな》わないかも、っていう弱気か、そのどっちかなんだろ？」

「い、いやそういう訳じゃ——」

「おいおい、そいつはなんの弁解だ。どっちだっていいじゃねーか」

「いや、いいってことはないと思うし。それでさ、ちょっと思っちゃったんだけど——あんた、ずっと言ってるわよね。〝ご主人様〟がどうのこうの、って。アレってもしかして、その——あんたが一番最初に〝取引〟した相手のことなんじゃないのかな、って」

「…………」

「だって不自然でしょ？　そんな、戦場でさらわれてきた子どもが、その誘拐してきた相手を出し抜いて、騙して、それを乗っ取っちゃうなんてことができるとは思えない。誰かがあんたに力を貸さない限り——そう、それがご主人様なんじゃないの？　ものすごく悪い連中さえ〝餌食〟にしてしまうような、そういう凄い組織かなんかが」

「…………」

「あんたってずっとでびる屋をやってるみたいだけど。それももしかしたら〝やらされてる〟んじゃないの？」

「…………」

紅葉の推理を、人形は黙って聞いていたが、それが一段落すると、ゆらり、と両手を大きく左右に広げて、

「君には関係ないだろう？」

と突き放したように言った。

「か、関係ないってことはないでしょ？　だって私たちは——」

言おうとして、ぐっ、と言葉に詰まる。するとハズレ君は、

「まんざら知らない仲でもないんだし、かな？　君にそういう風に思われているのは光栄だが、君に期待しているのはそんなことじゃないって、ずっと言っているだろう？」

「……どういう意味？」

「君が吾輩に同情して、より協力的になってくれても意味はないし、逆に引け目を感じて発想が萎縮《いしゅく》してしまっては価値がない。それじゃ今までの歴史と変わりゃしない」

「れ、歴史ってそんな、おおげ——」

「いや、大袈裟じゃない」

紅葉の言葉をハズレ君は途中で遮った。

「歴史というのはもちろん、昔から続いているから歴史なんだが、その昔のことに対してどういう態度を取ってきたかというと、今の君のふらふらしている感情の二つしかなかったんだ。おもねるか、距離を取ろうとするかだ。伝統を守ると称して都合のいいところだけをつまみ食いするか、古臭いことは無視していいと舐めた態度を取るか、だ」

「え、えと——」

「ああ、もちろんそうだ、君が親のことをウザいと思っているように、基本的に人間というのは昔のことは面倒くさいと思うようにできている。しかしそれはそれとして、ガキはやっぱり馬鹿だから、何でもかんでも自分だけで解決することはできずに、嫌々ながら先人の知恵を借りなきゃ生きていけないから、仕方なく妥協しているのは事実だな」

一方的にべらべらとまくし立てられる。何が「もちろん」なのかさっぱりわからない。

「今の世界が変になっているのはそのせいでもある。妥協しすぎたんだな。君にはそういう真似はできるだけ避けてもらいたいんだよ、わかる？」

「……いや、全然」

紅葉が即答すると、ハズレ君はひょひょと笑い声を立てた。

「どうやら意識していないようだが、吾輩からすると君はかなりいいところまで来ているんじゃないかと思うよ」

「どうしてよ？」

「ここに来ているからさ」

「それって――」

と紅葉が訊きかけたところで、またモニターが、ぶつん、と音を立てて壊れて消えてしまう。

「ああもう！　なんだっつーのよ！」

声を上げるのと、遠くから再び「おーい、こっちこっち」という声が響いてきたのはほとんど同時だった。

きっ、と奥歯を噛み締めてそっちを振り向く。

メインデッキからブリッジへとつながる方角から声は聞こえる。船内に続く入り口は、まるで遊園地に至るゲートのように大きく、けばけばしく、そしてすべてが薄っぺらな贋物だった。

その中に紅葉は駆け込んでいく。

ショッピングモールがあって、一流店が軒を連ねているはずの場所はすべて、最初からシャッター街のように空っぽで、壁が延々と続いているだけである。

そこにぽつん、とモニターが一台置かれていて、その中でハズレ君人形がうんうん、うなずいている。

「まるで馬鹿にされてるみたいな気分だろ？」

「実際、馬鹿にしてんでしょーが！　あんたが！」

「しかし君は律儀にツッコミをかかさないよねえ。前にも言ったと思うが、どっちかというと君はボケの方なんだから、あんまりそっちに力を使わないで欲しいんだよね」

「だったらそっちがもうちょっと落ち着いてやらせなさいよ！」

「あはは、しかし事態の深刻さは急を要するから、そんなに呑気してもいられないんだよな。落ち着けるまで待ってくれ、なんて言ってもみんなに無視されて、取り残されるだけなんだろう？　世の中ってヤツは」

「話が変わってるわよ！」

「いや、いつだって話は変わってしまうもんだよ。ラーメンを食べようかうどんを食べようか迷っていたはずなのに、気づいたらスパゲッティを頼んでいたって経験はないか？　迷うのが面倒くさくなってしまって、まったく望んでいなかったことに到達してしまうのが、人間の不幸だな」

「たしかにあんたに振り回されて、私は充分に不幸だって思うわよ。でもあんた自身はどうなのよ？　そんな風に迷ったりしたことがあるの？　あんたの言ってることって、全部が他人事なんじゃないの。想像で〝こういうことなんじゃないか〟って決めつけてるだけなんじゃないの？」

「決めつけてるつもりはないがね」

「いや、いやいやいやいや、それはないでしょ？　いつだってあんたは自信満々でしょ？　だってあんたには――」

「壮絶な過去があるらしいから、か？」

「それは――わかんないけど――」

「よく言うよな、説得力のある人、ない人って。あれってなんなんだろうな。どこからそんな差が生まれるんだろうな？」

「それはだから、実績というか、信頼というか。そういうものの積み重ねで」

「こういう言葉を知っているか。毎日働いてるヤツが一日でも仕事をサボれば責め立てられて、怠け者が仕事をしなきゃならんと叫べば世間は喝采《かっさい》する、ってな」

「……そういうこともあるかも知れないけど」

「君はどうなんだ。今や君はずいぶんと世間から喝采されている方だと思うが、それでどういうことを言えば説得力があるか、ないかって考えているか」

「考えてないわよ、そんなの」

「ほんとうに？」

そう問い返されて、紅葉は少し眉間に皺を寄せる。

「……嘘よ。ちょっとは考えてる。でも説得力とかそういうんじゃなくて、こういうことを言っちゃまずいかな、とか、これはつまらないかな、って気にしてるだけだけど」

「なんで気にする？」

「それは——」

言い淀んで、でもなんで自分はそこで言い淀むのだろう、と紅葉は思った。

何で気にするのか。

何を気にするのか。

誰を気にするのか。

皆を気にするのか。

前を気にするのか。

後を気にするのか。

「——それは、そう……きっと期待しているんだわ」

紅葉は少し考えた後で、そう呟いた。

「うまいことを言えたら、いいことがあるんじゃないかって思ってる。それか、悪いことが起きないんじゃないかって——」

「それは他のヤツに期待しているってことなのかい」

「そうでしょうね」

「つまり君は、他のヤツらは君のことを幸せにしてくれると信じているのか」

「それはわからない。でも——」

「でも？」

「でも、そんな気持ちが欠片《かけら》もなくなっちゃったら、きっと人間には生きている意味はまったくなくなっちゃうと思う」

「つまり——誰に対しても、どこかでそう信じているというわけだ」

「……ええ」

紅葉はハズレ君の映像を見つめながら言ったが、当然、彼女の視線は相手には届いていないことはわかっていた。

すごく、もどかしかった。

言葉だけでは、自分が思っていることが相手には伝わらないと思った。

「つまり、吾輩に対しても、かな。このハズレ君が君を幸せにしてくれる、役に立ってくれる可能性を持っている、と？」

「……わからないわ」

「いや、どうやらそうらしい。君は誰でも信じられるものなら信じたいと思っている。だから君は、この船に乗ったんだ。しかし残念ながら、それは間違っている。そう——」

ハズレ君は、びいん、と上に引っ張られて、直立不動の〝気をつけ〟の姿勢になった。そして言う。

「君の幸せは関係ない——君の方が、吾輩の役に立つんだからな」

「……どういう意味？」

「これは騙していた、っていうのかな？　それとも単なる行き違いってことなのかな。まあ、判断は君に任せるよ」

「何言ってんのよ、あんた？　私が、あんたの役に立つ、って——何の話よ？」

「君は自由ということについて、どう思う？」

「だから何の話なのよ？」

「他人から強制されない、ということが自由であるならば、究極の自由というのはどういうことになると思う？」

そう訊かれた瞬間、またモニターが壊れて、消えた。

同時に、遠くの方でぱっ、と点灯する光があった。次のモニターに違いない。紅葉はそこに走りだそうとした——そして、手を床につく。

つまずいてもいないのに、転んでいた。

（——え？）

立ち上がろうとして、またふらつく。めまいに襲われているような変な感覚がある……いや、これは、

（船が……揺れている——ていうか……）

動いている。

船が、港から離れて……沖へと出ようとしている。

＊

……〈ナイツ・イン・ホワイト・サテン〉がどうなったのかについては、当然ながら数多くの目撃情報がある。

前夜祭を目前にして、船は港から離れていったのだが、この際に船のエンジンは始動しておらず、スクリューも回っていなかったはずだというのは衆目の一致する意見である。ただ海流に流されたというには、そのときにはそれほどの波はなかったはずだという指摘もあり、この漂流の原因が単なる係留作業のミスによるものなのか、それとも他の要素があったのかはその後もしばらく争点となった。だが捜査線上に〈アンティ〉という団体の名前が浮上してきてからは一気に事態が進展し、問題の船が来る前にこの団体の関係者が執拗《しつよう》に入港時の警備状態などを調べていたという事実が明るみに出て、これはテロに類する行為なのではないかという疑いが出てきたのであった。当然〈アンティ〉側は事実無根であると主張したが、なにぶんすべての証拠は消えてしまって回収が極めて困難な状態であるため、今後も事態の完全なる解決は難しいだろうとされている。

船そのものがどうなったのかは、誰でも知っている。

多数の目撃証言がある。港からふらふらと出ていった船はかなり遠くまで流された後で、突如として炎上し、やがてエンジンが爆発して横転、自重に耐えきれなくなって真ん中から二つに折れて、そして沈没してしまったのだ。夜であり、調査は翌朝まで待たなければならなかったことも、事態の解明を遅らせる要因になった。

沈没した船に乗っていた者がいたのかどうかは未だに不明であり、乗務員は全員そのときに下船していて安全が確認されているが、乗客名簿の中に一人だけ、その後で確認できなかった人物がいる。シャーマン・シンプルハートというその人物がどこに行ったか、誰にもわからない。

＊

「…………！」

動き出した船の上で、紅葉は立ちすくんでいた。

結構、揺れていた。おそらく本来の豪華客船ならば、揺れないような仕組みが施《ほどこ》してあるのだろうが、この贋物にはそんなものはなく、大きい分だけさらに揺れてしまうのだろう。踏ん張っていないと倒れてしまいそうである。

向こうの方で、モニターがちらついている。

「…………っ！」

紅葉がそっちの方に走ろうとしたとき、その背後から、どん、という鈍い衝撃音が響いてきた。

　振り向いて、ぎょっとした。

　甲板の方が燃えていた。しかも一ヵ所ではなく、あちこちから火を噴いている。

「…………」

　奥歯を噛み締めたが、そのままモニターの方に走る。

「どういうことよ？」

　モニターに仕込まれているのであろうマイクに向かって、彼女は強い声を出した。映像の人形が返事をする。

「そんなに驚かないんだな、やっぱり」

「そりゃそうでしょ——二度目だわ。全部燃やしちゃうのはあんたの得意技でしょ」

「じゃあ、なんで質問する？」

「私が訊いているのは、あんたがなんで出てこないのか、ってことよ。いつだってあんたは、人形の近くにいて、ちらちらこっちのことを窺《うかが》っていたはずよ。何で今回だけ、モニター越しなんて回りくどいことをするのよ？」

「君を誘《おび》き寄せて、自分は安全な場所にいるんじゃないのか」

「馬鹿言わないでよ。今までさんざん話してきて、あんたがどういうヤツかってことは見当が付いてるのよ。あんたは、つかず離れず、決して現場から遠くに離れたりはしない。なんでかっていうと、たぶん——誰も信じていないから。助手なんてものを使うことができない。なんでも自分で手を下さないと安心できない。点火するのは必ず自分の手でやる、そう、それはきっと、でびる屋なんていう胡散《うさん》臭い存在の限界でもある」

「ほほう」

「つまりあんたは、この船に乗ったまま降りたりしていない。まだここにいるんだわ。船が完全に壊れるのを見届けてからでないと、離れたりは——」

そう言いかけて、紅葉の顔が、びくっ、と引きつった。そして叫んだ。

「……どういうつもりよ！」

「今なら、君は充分に逃げられるだろ？　甲板に避難用のボートが装備されているのは見えていたはずだ」

その声に彼女は答えなかった。代わりに怒鳴った。

「まさか——モニター越しなのは、あんたがこの馬鹿でかい船の、すごく奥にいるからなの……？」

そう、それは燃やし始めたらもう、そこから逃げることができなくなるくらいの、決定的な場所で——。

（まさか……〝自由〟って——）

人間を縛りつけているもっとも強い束縛とは何か。一番の重荷とはなんなのか。そこから解放されるためにはどうすればいいのか。人が『心の底から疲れました』というときに選ぶ道というのは、それは——。

「吾輩がどうなろうと、君が気にすることはあるまいよ」

「じょ、冗談じゃないわ！　今すぐこっちに戻ってきなさい！」

この命令に、ハズレ君の操作者は静かに、

「君の言っていたことは、かなり正しい」

と奇妙なことを言いだした。

「だがそれが、君の限界だ。正しいだけでは足りないんだ。それが世界の本質だ」

「だから……！」

そんなたわごとは今はどうでもいい、と言おうとした彼女に、そいつの声が重なった。

「馬鹿馬鹿しいとは思わないか？　いったい人は何に縛られているんだろうな。自由を求めながら、自分を縛るものを同時に探しているという矛盾は、何から出ている？　おっと、別に今、そいつを答える必要はない。最初から君は、吾輩にそれを答える必要はなかった。いずれ君のところに、吾輩との対話の中身を訊きに来る奴が現れるだろう。そいつに話してやってくれ。答えが欲しいのは連中であって、吾輩じゃないんだからな」

「いい加減に……！」

紅葉はモニターを蹴飛ばした。びいん、とコードが伸びた。

はっと気づいた。これはテレビ放送ではない。有線で映像データを流しているのだ。ということは、つまり――

（このコードの先に、カメラがある……！）

そう思ったときには、もう走り出していた。コードに沿って進んでいく。モニターがまるで蔓《つる》に生《な》っているスイカのように並んでいて、次々と点灯していく。

「おいおい」

「何をしてる？」

「何の意味がある？」

「なんでこっちに来る？」

「危ないぞ」

「危ないって」

「危ないっつーの」

無数のモニターが点いては消えて、点いては消えていく。

その横を紅葉は駆け抜けていく。

「なに考えてる？」

「怒ってんのか？」

「酔ってんのか？」

「焦ってんのか？」

モニターが話しかけてきても、紅葉はもう返事をしなかった。

ただ走った。

どうしてなのか、そんなことはもう考えなかった。

ただただ、我慢がならなかった。あんなにも対話したのに、全然通じていないと思った。言われっぱなしだった。

一方的に言われていただけで、彼女の方からは何も言えなかったとしか思えない。だいたいあの男は、彼女とは一度も話したことがない。ずっと人形を間に挟んでいた。直に彼女に言ったことはない。彼女がいくら真剣に考えて色々と言ったとして、それを聞いていたのは人形のハズレ君であって、あの男ではなかった。

（そもそも、なにがハズレ君よ――なにから外れているっていうのよ、あいつは！）

家族もなく、故郷もなく、想い出もなく、信頼もなく、ただ人々の間に充満している欺瞞《ぎまん》を適当にガス抜きして世間を円滑に流していく嘘をばらまくだけの仕事をえんえんと続けている、それがどういう気持ちにつながるものなのか、紅葉には想像もできない。

できないから、説明してほしい。そうしないと文句も言えないし、忠告することもできない。彼女がいくら腹を立てても、泣いても、怒っても、それを人形に言っていては何の意味もないではないか。

ひとこと。

ひとことでいいと思った。

あの男に、ハズレ君にではなく、あの奇妙で陰気で何を考えているのかわからない男に、直接なにかを言ってやりたかった。それがなんなのかはわからない。あるいは言葉になんかならないのかも知れず、ひっぱたきたいだけなのかも知れない。それでもいい、とにかくあいつにもう一度会わなければならない、と思った。

走り続けた彼女は、やがて船のかなり底と思われる場所に出た。

見た目だけ賑やかに飾り立てられていた上側とは違って、そこはがらん、と閑散《かんさん》としていた。

学校の講堂ほどの広さがあり、高い天井にちらほらと頼りない照明が飛び飛びに点いている。

コードはその中央に伸びている。

その先には三脚の上に搭載されたビデオカメラがあり、その前に投げ出されているのは操り糸を手放されて力をなくしたハズレ君人形である。

その横で、妙にしっかりとした一人掛けのソファに腰掛けて、ぼんやりとうなだれている人影が眼に入った。

シャーマン・シンプルハートだった。

その丸まった背中は、なんだか妙に小さく見えた。

＊

「——あの」

紅葉はその男の側に寄りながら、声を掛けた。

男は顔を上げない。両手もだらり、と肘掛《ひじか》けのところに置かれていて、人形を手にしてはいない。見ると男の顔には、べたべたと白粉《おしろい》で化粧がしてあった。ハズレ君人形と同じような模様が描かれていて、出来損ないのピエロみたいだった。

「…………」

男はやはり、返事をしない。紅葉はつかつかと足音を立てて彼に接近し、そして手を上げて、ぱあん。

と頬を思いっ切りひっぱたいた。男の顔は横に傾き、口がわずかに開いた。しかしそのまま動かない。反応しない。

「――なんとか言いなさいよ」

紅葉は強張った声で言った。しかし男は返事をしない。

紅葉は手についた白粉をぱっぱっと落としながら、

「なによ、人形がないと、人と話もできないの？」

と冷ややかな口調で言った。

「…………」

「私ね、ずっと考えてた。あんたの言うことって、なんであんなに変なんだろうって。でも、それって違ってた。変なのはあんたの方じゃなくて、私たちの方なんだって」

「…………」

「あんたが〝どうしてだ〟って訊くことに、なんで私はいちいち戸惑うんだろう、って思ってたけど、しばらくしたら気がついた。どうして私は、あんなに簡単に、みんなが当然だっていうことをそのまま鵜呑《うの》みにしていたんだろう、って」

「…………」

「あんたが訊くことって、ほとんど〝なんでそう決まっているんだ〟ってことばかりで、そして私はその理由を知らなかった。誰が決めたのかもわからない基準に振り回されて、縛られて——話していたときはずっと、なんでこんなにひねくれてんだろう、って思っていたけど、それは間違っていたわ。ねじ曲がっているのはあんたじゃなくて、あんたの質問に答えられない私たちなんだって」

「…………」

「あんたの人生のことなんて、私ごときがわかるはずもないけど、でもきっとあんたが生きてきた世界から見たら、私たちの生活っていうのはとっても変なんでしょう？　でも私たちはそれを絶対に変えられないものだと思って、逆らうことが馬鹿なことだって軽蔑《けいべつ》さえしてる。自分が思い通りにできないからって、他人にまでそれを押しつけようとしてる。それで理由もわからず、そういうもんだって決められたことに従ってる。それができない人を見つけては空気が読めないヤツって馬鹿にしてる。自分だってその空気ってのが何に由来しているのか、その理由を全然知らない癖に」

「…………」

「私はずっと、あんたをなんて偉そうなヤツだって考えてたけど、それは私が勝手にそう思ってただけだった。周囲の空気を無視できるくらいに強いんだって思って、あんたを怖がってた。勝手に。あんたのことなんか何も知らなかったのに」

「…………」

「あんたはほんとうに、わからないだけだったんじゃないの？　あんたはこの世界のことを、裏側のことはなんでも知ってるけど、でも人が何を楽しみに生きているのか、そういうことを知らないんじゃないの？」

「…………」

「ねえ、確かにあんたを説得できるヤツなんてこの世にいないのかも知れないけど、頭が良すぎて誰も彼も馬鹿にしか思えないのかも知れないけど、私のことも下らない女だって思ってるんだろうけど、でも、それでもちょっと、私と話をしてくれないかな？　ハズレ君は抜きで、直に、面と向かって、さ。私のことを無茶苦茶悪く言って、泣かしちゃってもいいからさ、ね？」

「…………」

「ねえ——ねえってば、なんか言ってよ」

「……ぬ」

男の口から、かすかに音が洩れた。

「え？　なに？　なんて言ったの？」

紅葉はあわてて耳を寄せる。

「……ぬ、ぬぬ、ぬぬ……」

なにやら呻き声のようなものが聞こえる。しかしはっきりと聞き取ることはできない。

「なによ、もっとはっきり言ってよ」

紅葉はさらに彼に耳を寄せようと身を屈《かが》めた。するとその瞬間だった。

ばっ、と男の腕が肘掛けから飛び出した——それは手ではなかった。

手袋が落ちた下から出てきたのは、工業用のロボットアームだった。その油圧式のツメが紅葉の身体をがっしりと固定する。

それと同時に、男の顔だとばかり思っていたものが、がばっ、と大きく上を向いた。顔は確かに顔だったが、その瞼の奥には目玉が入っていなかった。そしてその口がものすごく大きく開いて、顎が完全に外れて中身のフレームが丸出しになって、そしてそこから声が飛び出してきた。


「——ぬぁあんちゃって！」


そしてその男の姿をしていた装置は、紅葉の身体を固定したまま、高速で横にスライドしていった。

「——な、ななな……！」

紅葉がどう反応していいのかまったくわからない間に再び、どおん、という爆音が轟いてきた。

さっきまで彼女がいた場所に、燃えている天井ががらがらと落ちてきた。

そして、はっ、と気づく。

その炎の向こう側に遠く、ぽつん、と一人の男が立っている。壁に背をもたらせて、左手をポケットに、右手は何やらマイクのようなものを持って、口の前にかまえている。

相変わらず、気のない表情をしている――その唇が動くのがかすかに見え、そして彼女を捕まえている装置から声が聞こえてくる。

「……ひっぱたいたときはちょっと焦ったが、しかし皮膚感は本物みたいだったろ？　そいつは高分子ポリマーに水を染み込ませたもので、赤ちゃんのおむつなんかにも使われているものだから、肌触りは保証付きってな」

「ば、馬鹿――あんたも早く、こっちに来ないと、火が――」

紅葉は声を上げようとしたが、すぐに声がそれを遮る。

「あまり時間はないから、最後にひとつだけ忠告しておこう。クズっち、君はどうやら色々と〝捨てられたくない〟と思いすぎてるようだ。いいかい、そういうときは、自分から捨てちまうんだよ、わかったか？」

そして声は途切れた。がくん、と装置の力も抜けて、紅葉は解放される。

男の姿は、炎の奥に消えていく……。

「あ、ああ！　待ちなさい、待って――」

紅葉がその後を反射的に追いかけようとしたところで、彼女の頭上からまた燃える破片が落ちてきた。

はっ、と上を見上げたときには遅かった。間に合わない、当たる――そう感じたときだった。

ばん、

という破裂音が聞こえて、そして次の瞬間にはその破片は横に吹っ飛んでいた。いきなり右から飛んできた何かと衝突して、方向を変えさせられたのだ。

右を向くと……そこで、紅葉の眼が点になった。

幻覚を見ているのかと思った。そこにいたのは、いるはずのない少女だった。

「紅葉、この船はもう駄目よ。脱出しないと」

彼女は落ち着き払った声でそう言った。ずいぶん馴れ馴れしい。それは当然だろう。彼女はずっと紅葉に対してそういう口の利き方をしてきたのだから。そう、紅葉が高校に入学して以来、ずっと——

「……舞惟？」

それはどう見ても、彼女のクラスメートにして親友の久嵐舞惟に他ならなかった。

「説明は後よ。今は逃げないと」

舞惟はずんずんと近づいてきて、紅葉の手を取った。とても力強い手だった。

「……な、なんで」

「いいから！」

「で、でもあいつが、まだ——」

「あきらめなさい。生きる気がないヤツは、どうせ助けられない」

舞惟にきっぱりと断言されて、紅葉は言葉を失った。

そして舞惟は彼女を引っ張って、外に向かって脱出していった。途中で何度も燃える破片が襲ってきたが、その度に舞惟が、さっ、と手を振るだけでその危険物は木っ端微塵《こっぱみじん》になって吹っ飛んでいく。なにか極小の手榴弾《しゅりゅうだん》のようなものを投げているのだろうか。しかし具体的に何をしているのか、紅葉には識別できなかった。

何もかも、さっぱりわからないが——色々と頭の中で当てはまっていく事柄があった。

そもそも、さっき紅葉自身が言っていたのではないか。

『それがご主人様なんじゃないの？　ものすごく悪い連中さえ〝餌食〟にしてしまうような、そういう凄い組織かなんかが』

これは〝それ〟なのではないか。舞惟はそのエージェントで、密《ひそ》かに彼女のところに送り込まれてきていたのではないか。そういえば、あの結婚式の時も、ストーカー男の手が吹っ飛ばされたときに、舞惟がすぐ側まで近寄ってきていた——あのときも、実は舞惟が紅葉のことを助けていたのではなかったか。

「————」

連れられながら、紅葉がぼんやりと舞惟の横顔を見つめていると、彼女は少し顔をしかめて、

「——ごめん。でも最初から騙していた訳じゃなかった」

と言った。そしてまた手をさっ、と振ると、横の壁が吹き飛んだ。やはり何をしているのか、まったくわからない。この舞惟自身が戦闘兵器でもあるかのような破壊力であり、化け物じみている——。

穴が空いて、外の空気が流れ込んでくる。紅葉がその勢いに眼を細めていると、ぐいっ、とさらに強い力で舞惟が彼女のことを抱き寄せて、

「跳ぶわ」

と耳打ちされた次の瞬間には、紅葉たちは船の外の空間に放り出されていた。

海に落ちるのか、と思ったときにはもう、柔らかい面に接触して、バウンドしていた。ゴムボートだった。知っているものよりもずっと大きく、ずっとがっちりとした作りだ。レジャー用などとは次元の違う、軍用のものなのだろう——舞惟はためらいのない動作でエンジンを始動させ、発進する。

たちまち燃えさかる船から遠ざかっていく。

「………………」

紅葉は茫然とした顔で、その沈んでいく船を眺めていた。

その彼女に、舞惟が声を掛けてくる。

「——信じてもらえないかも知れないけど、ほんとうに偶然だったのよ。紅葉、あなたが選ばれたときに一番驚いたのは私だったんだから。確かに私は〝システム〟の構成員だけど、あな

たとは関係ない任務に就いていたんだから――」

「――」

紅葉は舞惟の方を振り向いた。彼女は悲しそうな顔をしていた。

「でもあなたが重要な存在になってきて、私にもあなたの護衛をするようにって命令が来たの。どうして重要なのかはわからないし、私にはそれを知る権利はないんだけど」

「……舞惟」

「ごめんね、ずっと騙してたことになっちゃって。でも私は――」

言いかけて、眼を伏せる。それから絞り出すように言う。

「……私は消えるから、安心して」

この弱々しい声に、紅葉は強い声で、

「駄目よ」

と言った。

「え？」

「関係ないわ。あなたがなんであろうと、私の友だちであるのは変わらない。それに、どうせ私は、これからその〝システム〟とやらに取り込まれることになるんでしょう？　だったら、そこには友だちがいてくれた方が心強いわ。あなたは絶対に、私の前からいなくなっちゃ駄目よ」

きっぱりと断言した。舞惟はそんな彼女を少し見開いた眼で見つめ返していたが、やがて柔らかい微笑みを浮かべて、そして洩《も》らすように呟く。

「……あなたがどうして特別な扱いを受けるようになったのか、その理由がわかったような気がするわ」

少女二人がゴムボートで離れていく間にも、〈ナイツ・イン・ホワイト・サテン〉の巨大な影はどんどん炎上していき、やがて船体はまっぷたつに引き裂かれて、海中に没していった。

OVER SESSION
『ふたたび、青空について』

……以上でこの物語はおしまいである。

もはや語るべき問いは種切れであり、続けるための具体的な理由もない。問いだけを延々と重ね続け、答えをほとんど出さないのがこの話の目的であったので、特に結論のようなものはない。しかしそれではあまりにも片寄っているような気もするので、問いの中からひとつだけ、はっきりとした答えを出すことにする。ただしこれもあくまで補遺《ほい》であり、この答えが問いに対して適切なのか、期待に応えているのか、責任を果たしているのか、そのことについてはやはり、保証の限りではない。

＊

葛羽紅葉が襲われたのは、それから半月後のことだった。

テレビ局から出版社に行くというので、タクシーに乗せられて移動中に、運転手が高速道路の真ん中で急に車を脇に寄せて停めたのだ。

「――さて葛羽さん、あなたに訊きたいことがある」

横に座っていた編集者だという女が、彼女に突きつけてきたのは鋭いアイスピックのように見える凶器だった。

「これはスタンガンの一種で、触れると感電して相手を気絶させる――でも相手に突き刺して電流を流すと、気絶程度じゃすまなくなる――神経が焼き切れて、一生治らない障害が残ることになる。どうする？」

淡々とした口調で脅される。紅葉は強張った顔のまま、こくり、とうなずく。

「よし、協力してくれれば手荒な真似はしない。それにもしかすると、あなたのことを助けてあげられるかも知れないしね」

「助ける……」

「わかっているのよ、あなたがあの〈システム〉に協力させられているのは。私たちはあいつらの敵。あなたが望むならば、自由にしてあげることもできる」

「…………」

紅葉は思わず女の顔をじろじろと見つめてしまった。

「自由、ですか――はあ」

力なくぼんやりとした調子でため息をもらすと、女は眉をひそめた。

「なによ、様子が変ね。脅かしすぎたかしら？」

「ええと――あなたたち〈アンティ〉の人ですか？」

「私たちが何者かは、まだあなたには――」

女が言いかけたところで、紅葉は首を左右に振って、

「ああ、いや、そうじゃないんです。知りたい訳じゃないんです。ただ——わかってないのかな、って思って」

「え？　何が——」

　と女が訊きかけたとき、停車していた車にいきなり、がくん、と前のめりの衝撃が走った。急ブレーキを掛けたようなショックだった。

「な——」

　運転手の男はバックミラーを確認するが、別に追突されたような様子もなく、何で車が揺れたのか……と思ったその視界の隅で、何かが動いた。

　グレーの道路に、黒いものが転がっていく。それはタイヤだった。

　この車の、前輪がふたつとも、車体から離れて左右に転がっていく——衝撃はタイヤがいきなり外れたので、前部が路面に落ちたからだったのだ。

　なんでタイヤがいきなり外れる——と彼が考えかけたところで、今度は、こんこん、というノック音が車内に響いた。

　窓の外に、一人の男がいつの間にか立っていた。少し身体を曲げて、車内を覗き込んでくる。若い男だった。それほど背は高くない。学生服みたいな身体にフィットした服を着ている。

「おい、それはこっちのだ」

　その男は軽い口調でそう言うと、車の後部ドアに手を掛けて、ロックされているはずのそれをいとも簡単に開けてしまった。自動で解錠されたのか、それともその男には最初からあらゆ

る鍵など無意味なのか、とにかく彼は、

「無理矢理に連れていく方がいいのか？」

と、紅葉のことを見つめながら訊いてきた。

「――――」

紅葉は、ちら、と彼女のことを捕まえていた男女の方を見る。

今の今まで、普通に動いて喋っていた二人は、まるでマネキン人形のように硬直していた。身体の自由が一瞬で奪われて、指先一つ動かせなくなっていた。

ぴく、ぴく――と瞼が動いて、紅葉のことを見つめてくるその眼は明らかに〝助けて〟と言っていたが、しかし紅葉としてはどうすることもできない。そもそも彼らが何をされているのか、紅葉にはまったくわからないのだ。

「――おい」

男はさらに促すので、紅葉は、

「は、はい。今出ます」

と言ってシートベルトを外した。紅葉が外に出たところで、男は車内の二人に、

「お前らは面倒くせえから、見逃してやる。硬直は二十分ぐらいで解けるから、後は逃げるなりなんなり好きにしろや」

と言い捨てると、紅葉のことを見もせずに道路をさっさと歩き出した。紅葉はどうしよう、と思ったが、仕方なくその後をついていく。

高速道路の上を散歩してるみたいで、なんとも奇妙な感じだったが、やがて男が、

「ああ、そうか——」

とふいに言った。

「車を壊すんじゃなかったな。おまえを乗せる車があった方が良かったな」

「え？」

「しょうがねえな。借りるか」

男はそう言うと、中央分離帯をひらりと飛び越えて反対車線の方に降りた。するとそこに車が走ってきた。その車のドライバーは、人のいるはずがない道路にいきなり現れた男に仰天して、あわててブレーキを踏もうとする……だがそのときには、もう車は停止していた。

エンジンの中で荒れ狂っていたはずのパワーや、車が疾走していたその勢いの慣性などをすべて打ち消されて、何事もなかったかのように、男の前でぴたりと停止している。

「な……」

茫然としているドライバーに、男は、

「おい、降りろ」

と命じた。それは実に自然な声で、一切の強引さも恫喝《どうかつ》の響きもなかった。

（………）

紅葉はその様子を見ながら、考えていた。

この異様な男の、異様な力は、何をどうやっているのか、何に由来しているのか、それは彼

女にはまったく想像もできない現象であり、まさしく次元が違うとしか言い様がないものであり、こんなものが日常と地続きの世界で平気で徘徊しているのだとしたら、それは実に恐ろしいことだという気もするが、しかし……考えてみれば、この男が停めてみせた車の方も、その構造も紅葉はろくに知らない。燃料を入れると動き、アクセルを踏むと走り、ハンドルを回すと曲がり、ブレーキを踏むと停まる、それはどうしてかを知らない。

非常識的だろうが、常識的だろうが、どうせ紅葉にはこの世界が何で構成されているのか、結局はわからないのだ。毎日さんざん使っている携帯電話の構造さえ知らないというのに、この男の異常さだけを怯える資格が自分にはあるのだろうか、そんなことをぼんやりと考えていた。

（………）

その車に乗せられて、そして連れて行かれた先は、最初に行くはずだった出版社だった。

車を簡単に乗り捨てていくので、紅葉は男に、

「あのう」

と言ってみると、男はうなずいて、

「ここに置いときゃ、警察が持ち主に返すだろ」

と簡単に言った。そしてまた一人でさっさと出版社の中に入っていく。紅葉はついて行くしかない。

そして彼女たちが落ち着いた場所は、その会社の会議室だった。座れ、と言われたので、広いテーブルの周囲にずらりと並んだ椅子の隅っこに、ちょこん、と腰を下ろす。

「さて、おまえには色々と話を聞かせてもらうことになっているが、思い当たる節はあるか？」

「ええと、何を、ですか？」

「さあな。おまえが言いたいことじゃないのか」

男はとても投げやりに言った。紅葉は困惑するしかないが、それでも、

「お名前を伺ってもよろしいですか」

と訊いてみると、男はこれまた簡単に、

「舞阪《まいさか》」

と答えた。紅葉はうなずいて、

「えと、舞阪さん――あなたはその、私を使って色々と、何かしていた〈システム〉の方ですか」

そう質問すると、舞阪は面倒そうに、

「まあ、そんなところだ。とにかく俺の仕事は、おまえから話を聞くことだ。〈ナイツ・イン・ホワイト・サテン〉でのこととか、その他諸々《たもろもろ》だよ」

と言った。紅葉は、

「ああ、あれのことですか？」

と素直にうなずいた。

「そうですね、なんと言ったらいいのか、皆さんの方がよくご存じなんじゃないですか？」

「シャーマン・シンプルハートについちゃ、こっちの方でも情報が不足してるらしい」

舞阪が言った名前に、紅葉は少しぽかん、となってしまって、それから、ああ、と想い出す。

「そう言えば、そんな名前でしたっけ。私はその辺はよくわからないんですよ。私はハズレ君としか話はしていなかったので。……ハズレ君ですよ。知りませんか？」

*

……紅葉が話を終えて解放されたのは、それから三時間後のことだった。途中から舞阪は明らかに飽きてしまっていて、紅葉の話をただ録音し続けるだけでほとんど口を挟むこともなかったので、苦労はなかったが、無駄に疲れが溜まって、舞阪に「もういいだろ」と言われたときにはぐったりしてしまった。

「なんか意味あるんですか、これ？」

そう訊いても舞阪は「俺は知らん」と素っ気ない。

「知ってる人が直に来れば良かったんじゃないですか？」

「まあそうだったな。いや、一応危ないかも知れないから、ってことで俺が出向いたんだが、そんなこともなかったな」

「危ないって、さっきの人たちみたいな？　でも舞阪さんのレベルとはちょっと差がありすぎましたよ」

「いや、危ないのはおまえだよ」

舞阪の言葉に、紅葉は虚を突かれた。

「……は？」

「下手にお前に接近して、ダメージを受けるのは危険だってことで、強い俺が出張《でば》ってきたんだよ」

「……あの、なんのことです？」

紅葉が眉をひそめて訊くと、舞阪は当然だろう、という顔をして、

「現におまえは、シャーマン・シンプルハートを殺しているじゃないか」

と言った。紅葉が言葉に詰まると、彼はさらに、

「いやいや、別に非難している訳じゃない。迂闊《うかつ》に接近していったのはヤツの方なんだろ？おまえにどんな種類の〝才能〟があるのか、そいつはまだわからないが、少なくともそれまで普通に、元気に策略に陰謀に励んでいた〝でびる屋〟が、お前と会ってから変になって、あげくに船ごと沈んじまったのは確かだ。その影響力つーか、衝撃度はかなりのものだという、まあ、そういう話だわな」

「…………」

「いや俺には、そんなもんは欠片も感じなかったから、そう報告するしかないが、他の連中がどう判断するかはわからんぜ」

「…………」

一方的に言って、そしてさっさと舞阪はどこかに行ってしまった。広い会議室に一人取り残された紅葉は数分、その場に座り込んでいたが、やがてのろのろと腰を上げて、そして外に出た。

すっかりビル街は暗くなっていた。

サラリーマンたちも仕事をとっくに終えたのだろう、道路には人影もほとんどない。繁華街まではまだ距離があり、そっちに集まっているだろう人々はもう、この辺には用事もなく、誰も寄りつかない。

「…………」

その中を、紅葉はとぼとぼと歩いていく。

その表情はぼんやりと焦点が合っていない。視線が定まらず、あっちに揺れ、こっちに揺れる。どこに行こうとしているのか、何に向かっているのか、彼女自身にもわかっていなかった。

「…………」

ふらふらとさまよう視線、その動きが停まる。

「――――」

そして足も停まる。立ちつくして、だらんと脱力した肩が落ちる。指先を動かすのも疲れる、というような顔になって、そして彼女は、

「ふう」

とため息をついた。かなり、大きめの声で。

聞かせたかったのだ、その声を。

他に誰もいない道路に、ぽつん、と立っている、彼女の前にいる人影に。

その男に。

縮れた長い髪の毛で、褐色の肌をしていて、彫りが深めで、鼻筋が通っていた。唇もやや厚めだ。瞳の色は湖のように青い。どう見ても東洋人の顔ではなく、白人とか黒人とか、明確に区分できない感じの、不思議な顔立ちで、要するに外人だった。

「――――」

男はビルの壁に背をもたらせて、寄り掛かって、紅葉の方に相変わらずのやる気のない視線を向けてくる。

紅葉はまた「ふうう」と深いため息をついて、手を頭にやって、がりがりと苛立たしげに髪の毛を掻きむしった。

「あのさあ――」

紅葉は不機嫌そのものという調子で言った。

「まんまとしてやったり、って感じなのかしらね？　これって完璧に、あんたの狙い通りの結果なのかしら？」

「――――」

「あれでしょ？　結局は雲隠れしたかったたってだけなんでしょ？　ずっと〈ご主人様〉にさんざんこき使われてうんざりしていたから、逃げ出して、身軽になりたかったたって、ただそんだけの話なんでしょ？」

「――――」

「そりゃあね、船ごと爆破して、ご丁寧に舞惟まで引き込んで目撃者に仕立てて、跡形もなく沈没しちまえば、そりゃもう、あんたは死んだことにできるわよね。あのおっかない〈システム〉でも騙せるでしょうよ。私はすっかり、あんたの道具として利用されたってことよね。言ってたもんね、あんた——私のことを〝役に立つ〟って。まったくその通りだったわ」

「————」

「そうよね。自由。自由——それだけの話だったわね。あんたが求めていたのは最初っからそれだけだったんだわ」

「————」

「自由になって、どうするの？　ミランダさんが言ってたけど、あんたって子どもの頃に生き別れになった、同じような立場の仲間たちがいて、その人たちがどうなったか、わからないいまだって——これから、探したりするの？」

「————」

「ねえ、もういいでしょ。なんか言いなさいよ、いい加減に」

紅葉がそう言ったところで、男は人差し指を立てて、それを左右にかるく振った。そして彼女の背後を指差すような素振りをする。なんだ、と紅葉は後ろを振り向く。

巨人が、そこにいた。

ビルとビルの間、地上と空の隙間いっぱいに埋まるようにして、その道化のようなシルエットが聳《そび》え立っている。

もたれかかっているビルとほぼ同じ背丈《せたけ》、ということは十メートル以上あることになる——

巨大な人形が、男と同じような姿勢で立っていた。

〝やあ、クズっち〟

上から降ってくる声は、さほど大きくはなかったが、やたらと低く、周辺に反響して聞こえた。

「————」

紅葉は一瞬だけ絶句したが、すぐに「はっ」と馬鹿にしたような声を洩らして、

「——驚かないわよ、もう。どうせ〝トリックに決まっている〟んでしょ？」

と言った。するとその巨大な人形は身体を揺らして、

〝さすがに、わかってるじゃないか〟

と笑った。そして身体を屈め、その大きな顔を紅葉に近づけてきて、

〝さて、せっかく会いに来たのはいいが、時間はないんだ〟

囁《ささや》くように言っているのだろうが、重低音の振動が全身にびりびりと伝わる。

「そうでしょうね。あの舞阪さんがわざわざ会いに来たってことは、今は私に対してのマークも外れているけど、どうせ次がすぐに来るだろうから、それほど余裕はないわね」

〝吾輩の方にはもう、取り立てて用件はないんだが——君の方は、なにか言いたいことはあるかい？〟

「あんたにはさんざん言われっぱなしだったからね、言い返したいことは山ほどあるけど——」

紅葉は巨大な人形と、陰気な男のことを交互に見つめて、そして言った。

「そうね、私もあんたに馬鹿にされてるだけでは終わらないってことで、あんたがした質問に、今、ここで答えてあげるわよ」

〝ほほう、それは何の問いだ〟

「一番、最初の質問よ。忘れたとは言わせないわよ」

〝ひょひょひょ、しかしあれは、まだ契約の前のことだったと思うが、それでも答えてくれるのかな〟

「あんたは言ったわね——〝青空について、どう思うか〟って。私はそれには全然答えなかったけど、今なら言えるわ」

〝では、どうぞ〟

「青空は、希望の象徴みたいなイメージがあるけど、青く見えるのも単なる太陽光の散乱で、地球全体から見たら薄っぺらな大気の層にすぎないわ。空をいくら昇っても天国には行けないし、どんなに高い塔を建てても天罰なんかない。神さまが天上から見下ろしたりもしていない。救いを求める人がいくら空を見上げて、夢を託して、想いを馳《は》せようが、ただの空気の塊でしかない。でも——」

紅葉は、人形でも、男でもなく、うっすらと曇っている暗い空を見上げて、

「——その青空のさらに向こう側に広がっているのは、星空よ」

と言った。

巨大な人形は、ふうむ、と顎に手をあてて、もっともらしく考えるような仕草をしてみせる。

〝そいつは、もっと閑散としていて、さらに底無しに空虚、ということかな。それともその美しさはよりきらびやかで奥深いものとなる、と言いたいのかい〟

「そんな解釈はどうでもいいわ。知ったこっちゃないわ。とにかく私は、あんたの質問にちゃんと答えてやったから、これで貸し借りはなくなったわよね？」

紅葉が男に視線を戻すと、その無表情の男は、最後に、

「………………」

と、ほんの少しだけ唇の端を吊り上げて、にたあ——と笑った。

そして手を胸に当てて、うやうやしい物腰で、さながら淑女をもてなす紳士のように紅葉に向かって一礼した。

それが感謝のしるしだったのか、それとも舞台上の手品師が観客に演目の終了を告げる行為だったのか、紅葉には判別できなかった。そして次の瞬間、びょう、と砂混じりの突風がその辺りを吹き抜けていき、紅葉が思わず眼をつぶって、そして瞼を開いたときには、もうそこには術者も人形も、影も形もなく消えていた。

薄暗い夜の闇がただ広がっていて、黒ずんだ染みのような細い雲の群れがビル街の狭い空に漂っているだけだった。

"Questions & Answers of Me & Devil in 100" closed.

あとがき――羊の皮を被《かぶ》った山羊《やぎ》

よく悪いことをしてしまった人間が「悪魔が耳元で囁《ささや》いたんです」みたいなことを言うが、それって具体的にはどういうことなのだろうか。単なる言い訳に過ぎないのか。それとも心の奥底には何か秘密があって、それを人は悪魔と呼んでいるのだろうか。その悪魔のせいで人は良いことができずに、ついつい悪いことをしてしまうのだろうか。

ここで悪魔的な物言いをすると、いやその良いこととされているものは本当に良いことなのか、という考え方もある。だってそれは誰かがこうすればいいと決めたコースにただ乗っているだけであって、そこには自分の意思というものがないんじゃないのか、とか。だから敢《あ》えて逆らう、人間の自由のために――というのもわざとらしい話だ。だって大抵の悪いことというのは、しようと思ってするのではなく、なにかに失敗したり、うっかりしていたことを後で誤魔化すときについやってしまうことがほとんどだからである。そこには最初から主体的な意思などない。ただ流されただけで、それこそ偉い人に決められたことを守る守らない以前の問題だ。善悪の問題ではなく、単に弱いだけだ。

こうなると悪魔の囁きというのは、弱い自分を肯定してくれるものということになるのかも知れない。失敗したってしょうがないよ、と慰めてくれて、くよくよしなくたって大丈夫、と励ましてくれるものではないか。そりゃあそのまま放置していたらまずいことになるのだから、いずれは困るのだが、そのとき、その瞬間に於《お》いては、その悪魔の囁きは、むしろ人間を保護していると言えなくもない。それこそ、悪いことじゃないだろう、と言われそうな展開であるが、ここで問題なのは、じゃあそのままでいいや、と思うのと同じくらい、いやそれ以上に人間というのは「でも、こんなんじゃ嫌だな」と感じてしまう生き物だということである。

ふつうのありきたりの凡庸な罪のない人間を喩《たと》えるのに、羊、という言い方をすることがある。これには呑気《のんき》そうでおっとりしているから、というだけではなく、自分の頭では何も考えずに、ただ羊飼いと牧羊犬に追い立てられるまま動かされるだけの存在、というような意味合いもあるのだろう。偉い人たちが決めたことに唯々諾々《いいだくだく》と従うだけの情けない連中、という感じで。大抵こういうときは無垢《むく》で善良な羊、というようなイメージになって羊そのものは悪くない、ということになるのだが——だが本当にそうか。羊のような在り方には善しかないのか。自分では何も決めないということに罪はないのか。そこに悪はないのか。

繰り返すが、ほとんどの悪事というのはわざわざしようと思ってするのではなく、うまくいかなかったことを誤魔化そうとしてついやってしまうことの方が圧倒的に多いのである。その出発点は悪意でも狡猾《こうかつ》さでもなく、ただの弱さでしかないのだ。まさしく、羊であることがそのまま悪の元凶なのである。その弱さを言い訳にした在り方は羊のように見えて、実は悪魔のシンボルの一つであるねじくれたツノを持つ山羊ということになってはいないか。

個人的な話をしてしまうと、私にとって最も大きな悪魔の囁きはなんといっても会社員時代に「こんなことをしてたら今書いている小説が完成しないぜ。辞めちゃえ辞めちゃえ」というものだった。で、まんまとそれに乗っかって、その後の数年間は無職状態に陥《おちい》ってしまったのである。でもデビューできたからいいじゃないか、というのは結果論であって、どう振り返ってもあのときの決断は、後先考えずにただ堕落しただけとしか思えない。悪魔の言いなりになったせいで大変な苦労をしたのであった。なんであんな馬鹿なことを、という反省と、でもあの苦労がなかったら小説なんか書けるようにならなかったしなあ、という想いがごちゃごちゃになっている。この葛藤《かっとう》が解消されることとは決してないのだろう。

我々は自分の弱さを完全に克服することなど、きっとできない。そこに潜む悪から自由になることはできない。悪いことはなくならないし、自分の意思をはっきりと持ち続けることもできそうもない。人間を誘惑する悪魔は敵なのか味方なのか、それは停滞した退屈から我々を導く道なき道を示す船頭なのか。それとも暗黒に引きずり込むだけの退廃の象徴なのか。ひとつだけ言えることは、きっと悪魔自身は囁いたことに責任なんて取ってくれなくて、そのツケは我々自身で払わなければならない、ということである。心の中で悪魔が囁いてきたときに、その誘惑に乗るか否かは自己責任、というのがこの文章の結論であるが、こんなんで納得できるかというと、当然できないのだった。でも終わりである。なにしろ悪魔についての小説なので、作者は責任を取らないのでした。
以上。

(でも結局〝悪〟って具体的にはなんなんだよ?)
(まあ善の方もよくわかんないから、ノーサイドってことで)

BGM "Devil's Got A New Disguise" by Aerosmith

＊本書は2010年10月に小社より単行本として刊行されたものです。

私《わたし》と悪魔《あくま》の100の問答《もんどう》　Questions《クエスチョンズ》 &《アンド》 Answers《アンサーズ》 of《オブ》 Me《ミー》 &《アンド》 Devil《デビル》 in《イン》 100《ワンハンドレッド》

二〇一三年十月七日　第一刷発行

定価はカバーに表示してあります

KODANSHA NOVELS

著者―上遠野《かどの》浩平《こうへい》

発行者―鈴木　哲

発行所―株式会社講談社

東京都文京区音羽二-一二-二一
郵便番号一一二-八〇〇一

編集部〇三-五三九五-三五〇六
販売部〇三-五三九五-五八一七
業務部〇三-五三九五-三六一五

本文データ制作―凸版印刷株式会社

印刷所―凸版印刷株式会社　製本所―株式会社大進堂

N.D.C.913　255p　18cm

ISBN978-4-06-182892-6